어른의 일기

나를 위한 가장 작은 성실

어른의 일기

김애리 지음

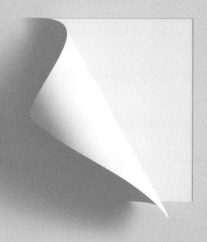

카시오페아
Cassiopeia

20년 차 일기 쓰기 장인입니다

어쩌다 사람들에게 '매일 일기를 쓴다'라고 말하는 것은 "저 사실 구멍 난 양말을 수집해요"라는 고백만큼이나 그들을 놀라게 하는 일임을 깨달았습니다. 몇 번의 경험을 통해 생생히 깨달은 일반적인 반응이죠. 그런데 여기에 "그 일기를 벌써 20년째 쓰고 있어요"라는 고백이 더해지면 놀라움은 곧 충격으로 바뀝니다. 여기서 사람들의 반응은 대개 두 가지.

"한 가지 일을 20년 동안 하다니, 그것도 일기 쓰기를. 와, 진짜 대박이네요"라는 반응이 그 첫 번째인데요. 여기서 그들이 말하는 '대박'은 우리가 흔히 알고 있는 것과 의미가 살짝 달라요. 돈이 안 되는 일, 커리어나 삶에 큰 도움이 안 되는 '일기 쓰기' 따위의 일을(앞으로 계속 이야기하겠지만 일기 쓰기는 사실 돈, 커리어, 일상을 바르게 세우고, 삶을 두 배로 잘 살게 도와주는 도구예요) 어른이 되어서도 하다니, 그것도 무려 20년간 하다니, '대박 부지런한 사람' 혹은 '대박 팔자 좋은 사람'이라는 의미를 포함할 확률이 80%는 될 거예요. 말하자면 취미치곤 참으로 고상하고 고리타분한 것을 택했다는 표현을 '대박'이라는 한 단어로 압축한 것이라고 봐야 해요.

두 번째는, 20년간 누가 시키지도 않은 일기 쓰기를 꾸준히 했다는 건 분명 그럴 만한 이유가 있으리라는 호기심 가득한 반응입니다.

> "그래서 뭐가 달라졌어요? 쓰기 전과 후가 어떻게 변했어요? 일기를 쓰면 대체 뭐가 좋아요?"

이렇게 질문을 던지는 사람들의 눈빛은 대개 초롱초롱 빛나는데, 안타깝게도 저에게 이 질문은 암산으로 세 자릿수 곱하기 두 자릿수를 해보라는 것만큼이나 어려워요. 일기를 꾸준히 쓰며 변화된 삶을 이야기하려면 너무 길고 복잡해지기 마련이거든요. 사실 제 삶은 '쓴다'는 행위를 중심으로 모든 것이 돌아갔기에 몇 마디 말로는 그 의미와 쓸모를 다 정리할 수가 없습니다.

그래서 이 책을 썼어요. 하루에 단 몇 분일지라도 '나'에 대한 기록이 삶을 어떻게 바꾸는지 제대로 이야기하고 싶었거든요.

외적인 목표 달성뿐만 아니라 끝없이 흔들리는 내면세계를 탄탄히 만들고자 할 때 일기 쓰기가 어떤 역할을 하는지 알려주고 싶었어요.

이제 와 저는 힘주어 말할 수 있습니다. 하루 단 몇 분의 일기 쓰기는 소중한 내 삶을 위한 최소한의 노력이라고요. 가장 작은 단위의 성실함이기도 하고요.

20년 일기 쓰기의 모든 노하우와 깨달음

이 책을 통해 제가 지난 20년간 모든 창의력과 상상력을 총동원해 시도해본 다양한 일기 쓰기 방법들을 소개할 거예요. 저의 일기장을 낱낱이 해부하며 '이렇게 해보니 너무 좋았어요'라는 생생한 경험담을 들려드리려 해요. 지금 내가 서 있는 위치를 제대로 파악한 뒤, 일상의 질서를 바로잡고, 나다운 미래를 계획하는 일도 우리는 일기로 시작할 수 있습니다.

그밖에도 글 쓰는 습관을 들이는 현실적인 팁부터 결국 일기 쓰기라는 사소한 일의 반복이 우리 인생을 어떻게 바꾸는지에 대해 폭풍 잔소리를 늘어놓을 거예요. 이 책을 다 읽고 나서는 도저히 일기를 쓰지 않을 수 없게 만드는 것이, 결국 이 책을 통해 이루고자 하는 저의 목표입니다.

일기 쓰기는 인생 1막을 뒤로하고 새로운 인생 2막을 여는 가장 든든한 도구가 되어줄 것입니다. 이미 내 안에 가득한 창조적 꿈과 놀라운 영감에 조용히 말을 거는 시간, 자신만의 글을 쓴다는 건 나의 세계를 확장해가는 가장 놀라운 방법이니까요.

스스로를 믿으세요, 그리고 스스로의 삶을 사랑하세요. 최대한 힘껏요. 그 시작을 응원합니다.

매일 쓰는 사람,

김애리

이제는 자신 있게 말할 수 있어요.

시시각각 변하는 자신의 내면세계를 차근차근 기록해나가는 일은

나에게 줄 수 있는 가장 큰 선물이라고요.

차례

제1장

_____어른이지만,
날마다 일기를 씁니다

제2장

_____ 어른이기에,

이렇게 일기를 씁니다

제4장

_____ 어른이라서,
일 기 로 씁 니 다

———

자세히 들여다보지 않으면 몰라요. 내가 무엇을 먹고, 마시고, 생각하고 원하고 꿈꾸는지 알지 못합니다. 앎은 그저 흘러가는 대로 산다고 얻어지는 것이 결코 아니거든요. 시간이 지나 나이를 먹는다고 주어지는 것도 아니고요. 우리가 꾸준히 글을 쓰며 자신에 대한 관찰을 멈추지 말아야 하는 이유가 여기 있습니다.

제1장

_____ 어른이지만,
날마다 일기를 씁니다

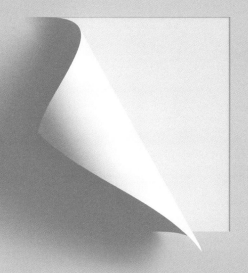

나는 ＿＿＿＿＿＿＿＿＿＿
＿＿＿＿＿＿＿＿＿＿ '잘' 살고
있는 걸까 ＿＿＿＿＿＿＿＿

나 자신을 위한 행동에는 많은 것들이 있습니다. 귀찮아도 매일 운동복을 갈아입고 요가센터에 나가 땀을 흘리는 일, 몸에 좋은 집밥을 만들어 먹거나 뉴스를 보고 책을 읽는 일, 규칙적인 시간에 일어나 아침을 잘 활용하는 것까지.

여러 일들이 있지만 그중에서도 가장 적은 시간을 투자해 가장 든든한 힘을 얻을 수 있는 것은 단연 일기 쓰기가 아닐까요? 사실상 다른 모든 좋은 습관과 경험을 이어갈 힘을 불어넣는 일이기도 하고요. 단 몇 분의 끄적거림으로 마음을 정리하고, 태도를 선택하고, 부정적인 생각과 불안하고 혼란스러운 감정을 잠재울 수 있으니까요.

잘 살고 있다는 확신을 얻기

이를테면 이런 거죠. 분명 내 마음대로 좌지우지할 수 있는 내 인생인데, 스스로 나의 일상과 오늘 하루를 잘 통제하고 있다는 확신은 어디서 얻을까요? 바쁘게 살다가 어느 날 문득 '나 진짜 잘 살고 있는 거 맞지?'라는 의심이 찾아올 때 있잖아요. 그때 스스로에게 '너 충분히 잘해내고 있어'라는 말을 대체 어떤 근거로 해줄 수 있느냐는 거죠.

저는 매일 아침 일기장에 '오늘 해야 할 일'을 정리하고 하나씩 지워가는 과정에서 '나 잘 살아가고 있어'라는 확신을 얻어요.

식구들이 모두 잠든 새벽 5시, 따뜻한 허브티 한 잔을 끓여와 책상 앞에 앉습니다. 그리고 오늘의 투두리스트To-do-list를 차근차근 적어 내려가요. 이렇게요.

5월 12일
—

오늘 해야 할 일 리스트
– 어린이집 부모교육수업 참석하기 (AM 10:30-11:30)
– 겨울 옷 전부 정리해서 창고에 넣기
– OO에게 안부 전화하고 다음 약속 잡기
– 출판사 원고 한 꼭지 작성하기

해야 할 일을 일기에 적어놓고 맨 아래에는 유치하지만 '오늘 나를 위해 준비된 모든 선물에 감사합니다' 같은 '파이팅 문장'도 적어보는 거예요. 5분이면 뚝딱할 수 있는 사소한 기록이지만 이걸 하는 날과 안 하는 날의 차이는 너무나 크거든요.

가장 확실한 변화는 바로 불안이 사라졌다는 점입니다. 대개 해야 할 일은 산더미 같은데 무엇부터 손대야 할지 엄두가 안 날 때, 출처를 알 수 없는 막연한 불안감이 극에 달해요. 그런데 나에게 매일의 할당량을 정확히 정해주면 스스로 이런 마음의 여유를 갖게 되거든요.

> '이것만 처리하면 오늘 하루는 100%야. 최선을 다해 너의 할 일을 모두 해낸 거야.'

남는 시간에 뭐라도 해야 할 것 같아 안절부절못하던 모습 대신 해야 할 일에만 나의 시간과 에너지를 집중하는 겁니다. 경험상 마음이 불안하면 무의미하게 흘려보내는 시간도 많아지더라고요. 마음이 분주하면 몸은 더 둔해져요. 급하고 중요한 일부터 꼼꼼하게 처리하는 게 아니라 '손에 잡히는 대로' 일처리를 하다가 결정적인 뭔가를 소홀히 하기 일쑤죠. 하지만 이렇게 아침 일찍 일기장에 우선순위 리스트를 적어두는 것만으로도 하루가 꽤 정돈된 느낌이 들어요. 이 일을 한 다음에는 무슨 일을 해야 하는지 허둥대지 않고 차분한 마음으로 가장 중요한 일들을 하나씩 처리해가는 거죠. 그러다 보면 오늘 하루 안에 다 해낼 수 있을까 염려하던 일들을 생각보다 빠르게 끝내고 나머지 시간은 온통 나 자신을 위해서만 쓰는 호사를 누리기도 합니다. 예정에 없던 마사지를 받거나, 아이와 서프라이즈 데이트를 하기도 하고요. 뭐라도 더 해내야 한다는 불안감 없이 그날을 온전히 즐길 수 있게 되는 거예요. 오늘은 '오늘의 할 일'에만 최선을 다하면 되는 것이고, 나는 이미 그것을 말끔히 다 해냈는걸요.

오늘 마음이 어땠는지 묻기

이렇게 이른 아침 투두리스트를 쓰며 내 일상을 잘 컨트롤하고 있다는 확신을 얻는다면, 스스로를 많이 사랑하고 소중히 대하고 있다는 확신은 매일 밤 '감정일기'를 쓰며 얻고 있습니다.

'오늘 하루 마음이 어땠어?'

잠들기 전 아이의 이마에 입 맞추며 "오늘도 좋은 하루였니?" 묻는 것처럼 말이죠. 고요히 스스로의 안부를 물으며 하루를 마무리하는 거예요. 그날 하루 나를 관통한 가장 중요한 감정과 느낌들을 정리하며 날마다 내면아이를 끌어안아주는 작업이지요.

2월 20일

급성 장염으로 며칠간 고생했다. 몸과 마음은 긴밀하게 연결되어 있으니 내 마음도 얼마쯤은 고장 난 상태가 맞는 것 같다. 사실 스트레스와 피로가 쌓이고 쌓여 있다. 살림하며 아이 키우며 책 쓰며, 또 어쩌자고 화장품 사업을 시작하게 되었는지. 무엇 하나 제대로 못하고 있으면서 자꾸 일만 벌이는 나 자신이 한심하고 안타깝다.

지금 나의 힘든 마음을 남편에게 어렵게 얘기했는데 한참을 듣던 그가 내린 결론은 결국 '전부 네 선택이잖아'였다. 맞는 말인데 나는 맥이 빠졌고, 그저 약간의 위로가 필요하다는 생각만 들었다. 이 많은 역할을 다 해내느라 지쳐 있는 내게 "힘들지? 괜찮아. 천천히 잘하고 있어"라고 해주길 기대했던 것 같다.

그래서 오늘은 누군가에게 듣고 싶었던 말, 그 말을 내가 나 자신에게 속삭이며 하루를 마무리해본다.

"아무도 네 마음을 알아주지 않는 것 같아 속상했구나. 아픈 하루였지? 지친 날이었지? 너 최선을 다하고 있는 거 내가 잘 알지. 다른 건 몰라도 너 혼자 힘으로 여기까지 잘 살아낸 거, 누구보다 내가 잘 알아."

이렇게 분명 내 마음속에 자리했던 감정을 없는 셈 치며 넘어가는 게 아니라 자세히 들여다보고 보듬어주며 '스스로를 진짜 사랑하고 아끼고 있다'는 확신을 갖게 되었어요. 입으로만 스스로를 사랑한다고 말할 때는 뱉어놓고도 늘 공허한 마음이었고, 자기사랑이 모든 것의 핵심이라는 책의 구절을 읽을 때마다 머리로는 알지만 정말 막막한 느낌이었거든요.

그런데 감정을 바라보는 일기를 쓰며 '아, 내가 나를 많이 챙기고 있구나. 스스로에게 관심을 갖고 깊이 들여다보고 있구나'라고 자기사랑이라는 것에 대해 진심으로 깨닫게 된 것이죠.

목표 관리와 성장을 확인하기

그밖에도 삶의 방향을 잘 잡고 중요한 목표를 향해 걸어가고 있다는 확신은 분기별로 '목표 체크리스트'를 작성하며 얻게 되었고요(뒤에서 자세히 이야기할게요. 일기장 맨 앞 페이지에 단기·중기·장기 목표를 세우고 분기별로 점검해가는 것이랍니다). 학교도, 학원도 다닐 일 없지만 그럼에도 해마다 성장하고 있다는 믿음은 수시로 일기장을 채우는 질문들 속에서 찾을 수 있었습니다. 일기장 속 질문들 대부분은 책을 읽고 자연스럽게 떠오른 질문과 이어져 있고요.

데이비드 호킨스의 『놓아 버림』을 읽고

—

- ✓ 내가 주로 쓰는 방어기제는 무엇이 있을까? 억압? 회피?
  부정? 투사?

- ✓ 내가 가장 '놓아버릴 수 없는 욕망'은 무엇인가? 왜 그것에
  집착할까?

- ✓ 하나의 부정적인 감정을 놓아버리는 일은 그에 얽힌 수십
  개의 다른 부정성을 놓아버리는 일이다. 내가 놓아야 할 단
  하나의 부정적인 감정은 과연 무엇일까?

이렇듯 저는 일기장을 플래너로, 감정노트로, 목표 관리 도구
로, 독서기록장으로 활용하며, 눈에 보이지는 않지만 꼭 필요한
그것—잘 살아가고 있다는 확신—을 얻고 있습니다.

'괜찮아, 이만하면 잘 살아가고 있어. 굳세다. 장하다.'

남들이 어디서 무얼 하든 무슨 상관일까요? 어제의 내 삶과 비
교해 내 식대로 잘 걷고 있다는 확인이 가장 크고 깊은 안도감과
충만함을 주는걸요.

일기는 인생 2막을 여는 가장 든든한 도구

마치 운명처럼 언젠가는 '나의 일기 쓰기'에 관한 책을 내게 될 거라는 생각을 하고 살았습니다. 그리고 열심히 일기를 쓴 지 정확히 21년이 지나, '두 번째 스무 살'인 마흔을 코앞에 둔 지금보다 더 적합한 시기는 없다는 생각이 들었어요.

UCLA 의과대학의 임상심리학자인 로버트 마우어Robert Maurer는 이렇게 말했어요.

> "일기를 쓴다는 것은 누구도 보지 않을 책에 헌신할 만큼 자신의 삶이 가치 있다고 판단하는 것이다."

이 구절을 읽으며 찔끔 눈물이 났습니다. 일기장과 마주하며 울고 웃고 외로워하고 꿈을 꾸던 지난 모든 시간이 충분히 보상받는 기분이었어요. 저는 세상과 타인이 너무나 무섭고, 나 자신과 내 삶은 더욱 두렵게만 느껴지던 시기에 일기 쓰기를 시작했거든요(이때의 저에 대해서는 뒤에서 자세히 말씀드릴게요). 어쨌든 저의 일기 쓰기는 앞으로 무엇을 해야 할지, 어떻게 살아야 하는 건지 암흑 같다고 느끼던 시기에 '뭐라도 써야지' 견딜 수 있을 것 같아 내 안의 찌꺼기를 덜어내기 위해 시작한 일이었지요. 그때 쓴 첫 문장이 무엇인지는 기억나지 않지만 저는 그 시작이 다른 세상으로 들어가는 문을 연 감동의 순간이라 생각해요. 너 자신에 대한 믿음과 사랑을 놓지 않아 너무나 고맙다고, 눈물을 뚝뚝 흘리며 일기를 쓰는 열여덟 여자아이를 꼭 안아주고 싶습니다.

이제는 자신 있게 말할 수 있어요. 시시각각 변하는 자신의 내면세계를 차근차근 기록해나가는 일은 나에게 줄 수 있는 가장 큰 선물이라고요. 그것은 물, 공기, 햇살이나 바람처럼 값어치를 매길 수 없는 아주 신비하고 놀라운 기적을 만들기 때문이죠. 어떤 기적이냐고요? 상황에 따라 변해가는 나를 충분히 이해하고 받아들일 수 있는 기적이요. 내가 진정으로 어떤 사람인지 제대로 알고 사랑할 수 있는 기적이기도 하고요.

서른이든 마흔이든 우리는 강물처럼 변함없이 흐르고 있으니까요. 멈추지 않고 자신만의 길을 따라 끝없이 나아가고 있으니까요. 그래서 아무리 나이를 먹어도 처음 겪는 일이 허다하고 감당이 안 되는 상황도 끝이 없죠. 모든 나이는 처음 겪어보고 오늘도 처음 살아보는 날이기에 내 앞에 무엇이 펼쳐질지는 알 수 없어요. 새로운 힘든 일이 찾아올 수도 있고, 낯설고 두려운 경험을 통과해야만 할 수도 있지요. 처음 들어가는 직장, 처음 해보는 업무, 처음 엄마가 되고 처음 학부모가 되고…. 그 모든 경험을 통과하는 과정에서 내가 느끼는 날것 그대로의 생생한 감각을 기록해보세요.

그런 의미에서 인생과 육아는 너무나도 비슷해요. 특히 매 순간 게임의 다음 라운드에 진입한다는 사실이 그래요.

이쯤 되니 할 만하다 생각하면 다음 코스가 기다리고 있고, 이제 육아는 만렙 찍었다 싶으면 아예 새로운 라운드가 펼쳐지거든요. 그런데 그게 어디 육아뿐일까요. 가만히 돌아보면 모든 일이 비슷하죠. 결혼생활도, 나이를 먹어가는 것도, 일도, 인생 전체가요. 완벽히 익숙하고 충분히 능숙한 시간은 어쩌면 영영 찾아오지 않을지도 모릅니다. 그러니 우리 끝없이 답을 찾아 헤매보자고요. 헤맨다는 건 다른 말로 아직 건강하게 살아 있다는 가장 확실한 증거니까요.

일기에는 _____
_____ 나도 모르는
나의 루틴이 있다 _____

매일 일기를 쓴다는 사실을 블로그에 공개한 뒤 이런 질문을 자주 받았습니다.

> "하루하루가 비슷해서 일기에 쓸 내용이 없어요. 맨날 뭐 하고, 뭐 했고, 뭐 할 거고. 이런 것만 써도 괜찮나요?"

그럴 때마다 저는 이렇게 대답해요. "그럼요, 충분히 괜찮습니다. 본인이 너무 귀찮거나 무의미하다고 여기지만 않는다면요."

나의 루틴을 알아차린다는 것은 삶 전체를 놓고 볼 때 엄청난 이득이기 때문이에요. 습관적으로 움직이는 내 일상의 자동조종 장치를 내가 확인하고, '어라?' 할 수 있는 기회를 갖게 된다는 의미니까요.

매일 10시쯤 느지막이 일어나 눈뜨자마자 핸드폰으로 남들 인스타 사진부터 확인하고 시작하는 하루. 밤에 잠들기 직전, 핸드폰이 손에서 스르르 놓여날 때까지 유튜브로 남들 브이로그 보고 마무리하는 하루. 이게 꼭 문제라는 것은 아니지만, 나만의 고유한 일상 패턴을 알아차리게 된다면 사실은 내 삶에 더 많은 선택지가 있다는 것도 이해하게 된다는 이야기입니다.

그래서 일기장에 '뭐 했고, 어쩌고저쩌고, 왔다 갔다'만 늘어놓는 것도 사실은 아주 좋은 일기 쓰기 방법이에요. 저의 2009년 11월 일기 한 편을 볼게요.

2009년 11월 24일

—

- 아침 걷기 30분

- 송도 국제 자동차부품 전시회에서 홍콩 바이어 통역 담당함

- 저녁 먹고 세 번째 책 원고 정리

- 인터넷만 한 3시간 들여다본 것 같음

- 잠들기 전, 영화 한 편과 맥주 한 캔

요즘같이 외로운 시간도 좋다. 철저히 혼자인 시간만큼 꿈을 현실화할 수 있는 최상의 조건은 없다.

간단하게 그날 한 일들을 정리하고 아래에는 '한 줄 평'처럼 일기를 쓰는 동안 떠오른 생각을 적었는데요. 어떠신가요? 아주 간단하죠? 그 시기에 적은 일기를 쭉 살펴보며 저는 ①당시 잠들기 전 자주 맥주를 마셨고 ②그래도 나름 건강을 위해 아침마다 걷기를 하고 있었으며 ③꾸준히 중국어 통번역 일을 이어갔고 ④외롭고 고단해도 책을 내기 위해 시간을 내고 있었음을 알게 되었어요.

그래서 이런 기록이 무슨 의미냐고요? 꾸준한 기록으로 일상을 적나라하게 확인한 저는 그해 12월에 더 많은 통역 일을 수행하며 돈을 벌었고요, 쓸데없는 인터넷 서핑 대신 좀 더 적극적으로 글을 쓰겠다고 다짐! 열심히 쓰고 모아둔 글들을 이듬해 1월부터 모 포털사이트에 연재하게 돼요. 그건 저의 인생 첫 칼럼리스트 데뷔라고 봐도 무방하고요. 2월에는 세 번째 책을 출간하며 생각보다 많은 사랑을 받았습니다. 이쯤 되면 하루를 어떻게 쓰는지, 일상을 무엇으로 채우는지 돌아보는 건 꽤나 유의미하다고 생각하지 않으신가요?

프란츠 카프카Franz Kafka는 말했지요.

"일상이 우리가 가진 인생의 전부다."

대단하고 거창한 '본게임'은 늘 삶의 저만치 어딘가에 자리할 것 같지만, 아니요. 일상이 '본게임'이었습니다. 아침에 눈을 떠서 5분, 무엇을 먹고, 마시고, 생각하는지, 오후에는 누구를 만나 어떤 장소에 머물며 어떤 일을 어떤 방식으로 처리하는지. 매일의 습관, 태도, 마음. 이게 전부예요.

나는 '진짜로' 잘 지내고 있나?

일기를 쓰면 매일의 일상이 들여다보입니다. 내 일상을 누군가 브이로그로 촬영해놨다고 생각해보세요. 관찰자의 입장에서 눈 크게 뜨고 보면 내가 '진짜' 잘 지내고 있는지 아닌지 알 수 있어요. '에이, 그걸 모르는 바보가 있나?' 하고 고개를 갸우뚱할 수도 있지만 바쁘고 똑똑한 바보는 우리 주변에 너무나도 많으니까요.

내가 나와 정말 잘 지내고 있는지 아닌지는 회사에서 업무를 잘한다고, 남자친구랑 사이가 좋다고 확인되는 것이 아니거든요. 그것은 건강하게 잘 먹고, 적당히 몸을 잘 움직이고, 깨끗하게 집을 잘 정돈하며, 하루하루 자신이 정한 질서를 잘 지키고 있는지를 통해서만 확인할 수 있어요. 그러니까 일상을 현미경으로 자세히 들여다봐야만 알 수 있는 거죠.

마음이 정돈된 날은 저의 공간도 가지런합니다. 일상도 반듯

하게 잘 돌아가서 늘 비슷한 시간에 잠이 들었다가 비슷하게 일어나요. 그러니까 하루 24시간 동안 일상 루틴을 벗어난 '예외'가 거의 없어요. 일기장에 '오늘도 꽤 괜찮은 하루'라는 문장으로 마무리되는 날은 어김없이 루틴대로 살아간 하루예요. 하지만 '오늘은 와인을 마시고 이 글을 쓴다'라거나 '지금은 새벽 2시 반' 같은 문장이 포함된 날은 잘 컨트롤하지 못한 예외의 하루를 보냈을 확률이 90%예요.

일기장에 '매일 뭐 했고 어쩌고저쩌고 왔다 갔다'가 비슷한 감정 안에서 반복된다면 나는 지금 아주 잘 살고 있다는 증거입니다. 처리해야 할 뜻밖의 감정, 뜻밖의 경험들이 많거나 일상에 선택해야 할 것들이 늘어난다면 혼돈의 시간을 보내며 방황 중이라는 뜻이고요.

부정적인 패턴 알아차리기

딱 보름만 일기를 쓰며 일상을 들여다봐도 압니다. 나, 정말 건강하게 잘 살고 있나? 마음속 허무함이나 불안함을 감추기 위해 바쁜 척하는 건 아닐까?

일상을 기록하면 특정한 패턴이 들여다보여요. 의식적으로 눈여겨보지 않는 한 발견하기 힘든 그런 패턴이지요. 예를 들면, 일주일에 두세 번은 꼭 새벽 1시까지 유튜브를 보다 잠든다거나,

직장에서 스트레스를 받는 날이면 사지 않아도 되는 물건을 충동구매하는 식의 패턴이죠. 그밖에도 두려울 때마다 술을 마시는 습관이 있거나, 스스로 완벽한 척 위장하고 싶을 때마다 소화불량에 시달리는 등 조건화된 내 몸과 마음의 속성에 대해 더 잘 이해하게 됩니다.

일기 쓰기를 통해 나의 일상을 들여다보는 이 작업을 진행하다 보면 이런 생각이 들어요.

'내가 스스로를 이렇게 '설계' 해놓았구나.'

나의 하루와 그 안에 담긴 수많은 행동과 태도는 조건반사적인 프로그래밍 같다는 생각이 들어요. A를 입력하면 곧바로 B가 출력되어 나오게 설계해놓았는데 나는 C가 되길 원한단 말이죠. 그러면 삶이 불행해지는 것은 시간 문제입니다. 매일 라면 끓여 먹고 식후땡하면서 몸이 튼튼해지길 원한다고 말하는 친구에게 뭐라고 이야기해줄까요? 라면 대신 집밥을 해 먹거나 담배를 끊으라고 말해주지 않겠어요?

지금 나에게 일상의 변화가 절실하다면 입력을 달리하거나 다른 출력이 가능하게끔 설계를 새로 해야 합니다. 내 안에 어떤 부분이 병들어 있고, 무엇이 어떠한 문제를 일으키고 있는지를 관찰해야 해요.

그러니까 일기 쓰기란 원치 않는 생각과 감정, 행동을 바라보고 진정으로 내게 유익한 다른 대안을 고민하게 만드는 작업이라고도 할 수 있어요.

쓸 만한 _____
_____ 매일이 없어도
일기 쓰기 _____

일기 쓰기의 와비사비함

와비사비わびさび라는 단어를 아시나요? 이 단어를 처음 들었을 때 어감이 독특하고 재미있어 단번에 뇌리에 박혔어요. 그런데 만화 캐릭터 이름 같은 첫인상과는 달리 꽤나 묵직한 의미가 담겨 있더라고요. 와비사비는 단순하고 본질적인 것, 말하자면 불완전함의 미학을 뜻합니다. 부족한 그대로의 모습을 인정하고 받아들이고 거기서 느껴지는 본질적인 충만함을 만끽하는 것 말이죠. 삶의 방식으로 놓고 이야기하자면, 와비사비한 삶이란 남들에게 보이는 모습이 아닌 있는 그대로의 나 자신에게 충실한 태도를 말합니다.

와비사비.

저는 이 단어가 일기 쓰기를 통해 우리가 내딛고자 하는 목적지를 잘 설명하고 있다는 생각이 들었어요.

일기는 철저히 나 좋자고 하는 일이지요. 누군가에게 자랑할 것도 아니고 이걸로 뭔가를 이룩할 수도 없어요. 그래서 일기를 꾸준히 쓰기 가장 어려운 부류는 의외로 게으른 사람도 아니고 완벽주의자도 아니에요. 남에게 보이는 것만 추구하는 사람입니다. 즉각적인 만족과 수치화 할만한 결과가 없으면 무가치하다고 여기는 부류의 사람들 말이에요. 그들에게 있어 일기 쓰기란 딱히 눈에 보이는 결과도 없고, 자랑할 만한 전리품도 아닌 시간 낭비라고 여겨지기 딱 좋으니까요.

그런데, 일기를 쓴다는 건 그렇게 단순한 일이 아니에요. 써보니 그렇더라고요. 단번에 겉으로 드러나지는 않지만, 진정으로 내가 달라지고 있구나, 하고 가장 먼저 스스로 변화를 감지하거든요. 6개월, 1년, 2년…. 전혀 몰랐던 누군가와 꾸준히 대화를 나눈다고 생각해보세요. 그 과정에서도 엄청난 배움과 성찰이 일어납니다. 하물며 그 누군가가 '나'라면. 나 자신과의 대화라면 어떨까요?

책에서만 읽어온 '나다운 삶'이라는 것, '진정한 행복이나 성공' 같은 추상적인 말들이 온몸으로 생생히 이해되는 때가 찾아옵니다.

'이게 그런 뜻이구나. 나는 이렇게 생각해왔구나. 나는 사실
그걸 원해왔던 거야.'

조각나 있던 많은 '나'가 비로소 이어져 완성되어가는 기분. 유명한 경영학자인 톰 피터스Tom Peters는 말했지요. 개인이든 비즈니스든 국가든 결국 작은 결론의 합집합이 거대한 힘의 결정체가 된다고요. 나에 대한 작은 결론들이 내부에서 강하게 한데 어우러져 세상에 나만의 목소리를 내고 나다운 태도로 나다운 꿈을 추구할 수 있는 강한 힘이 됩니다. 그 바탕에는 지치지 않고 스스로와 친해지고자 노력한 도구―일기 쓰기―가 있겠고요.

투박하고 단순하게, 그냥 나답게!

알다시피 일기에 스테레오타입 같은 건 없어요. 그런데도 "뭘 어떻게 쓸까요?"란 말을 거짓말 조금 보태서 150번쯤 들었습니다. 과정을 검사하는 사람도 없고 결과물을 제출할 것도 아닌데 왜 그렇게 내용과 형식에 운운할까요? 저는 '정해진 규칙도 정답도 없으니 얼마나 자유로워?'라고 생각했지만 의외로 무규칙을 부담스러워하는 어른들이 많다는 걸 알게 됐어요. 그래서 나름대로 이런 결론을 냈습니다.

혼자만의 일기마저 '잘' 쓰고 싶은 마음과 하찮은 일상을 풀어내서 뭐하나는 마음이 시작을 어렵게 만든다.

여기서 '잘'은 '인스타그래머블Instagramable'한 근사하고 예쁜 하루를 그려내고 싶은 마음을 말하니까, 사실 둘은 같은 말이기도 하네요.

만날 친구가 없어 넷플릭스 정주행하는 외로운 내 모습을 일기에 그리는 게 반가운 사람은 물론 흔치 않을 겁니다. 하지만 쓸 만한 매일이 없다고 일기 쓰기가 영영 남의 일인 것 또한 아니에요. 우리가 잊고 사는 것 가운데 하나는, 아무리 대단해 보이는 사람도 일상은 시시한 것투성이라는 사실이에요. 100만 팔로워를 가진 인플루언서도 아침에 눈 비비고 일어나 세수하고 양치하고 스트레칭하고 하루를 시작하겠죠? 직원을 50명쯤 두고 언론에도 수시로 등장하는 젊은 CEO도 주말에는 아이 똥기저귀를 갈 거예요. 여기에는 그 어떤 특별함도 없어요.

그리고 하찮은 일도 사실 쓰다 보면 조금 대단한 것처럼 여겨질 때도 있다는 것 역시 일기 쓰기의 놀랍고 재미있는 점 중 하나입니다. 이를테면 저의 아침 리추얼 중 하나는 미온수를 한 잔 마시고 하루를 시작하는 것이에요. 레몬이 있는 날에는 레몬 한 조각을 동동 띄우기도 하고요. 이 뻔하고 하찮은 일상을 어느 날 문득 기록으로 남기다가 '아하 모멘트'가 찾아왔어요.

'나는 하루도 빠짐없이 식물에 물을 주듯 내 몸에 따뜻한 물을 주며 하루를 시작하네? 심지어 어떤 날은 고급리조트 로비에서처럼 레몬수로 나를 환대하네? 꽤 괜찮은 시작이고 예쁜 습관이구나. 그럼 여기에 뭘 또 더해볼 수 있을까? 아침마다 ABC주스나 샐러리주스를 마시며 시작해볼까? 딱 한 달만 실험해봐야겠다.'

새롭게 바라보고 느껴보는 것, 내가 어떻게 사는지 새로운 눈으로 한번 바라보는 것, 중요한 건 그것입니다.

자세히 들여다보지 않으면 몰라요. 내가 무엇을 먹고, 마시고, 생각하고, 원하고, 꿈꾸는지 알지 못합니다. 삶은 그저 흘러가는 대로 산다고 얻어지는 것이 결코 아니거든요. 시간이 지나 나이를 먹는다고 주어지는 것도 아니고요. 우리가 꾸준히 글을 쓰며 자신에 대한 관찰을 멈추지 말아야 하는 이유가 여기 있습니다. 그러니 지금이라도 속는 셈 치고 한번 써보세요. 내가 어떤 생각으로 하루를 시작하고 마무리하는지요. 내가 어떤 사람들과 어떤 대화 속에서 어떻게 하루하루를 살아가는지요. 넷플릭스만 정주행하지 말고 나란 사람의 삶과 일상도 좀 정주행해보세요. 엄청난 깨달음이 찾아온다니까요, 글쎄!

무너진 일상을 ＿＿＿＿＿＿＿＿＿
＿＿＿＿＿＿＿＿＿＿＿＿＿ 바로
세우다 ＿＿＿＿＿＿＿＿＿＿＿＿

인생암흑기에 다시 시작하다

20대 후반에 '인생암흑기'를 보낸 적이 있어요. 한 6개월 정도? 직장을 그만두고 무한정 주어진 자유 시간 앞에 길을 잃었습니다. 퇴사하기 전에는 공원 벤치에서 커피만 마셔도 세상을 다 가진 기분일 거라고 생각했지요. 퇴사를 앞둔 누구나 다 그런 것처럼요. 그런데 막상 직장을 그만두자 딱 일주일 행복했고 나머지는 온통 '앞으로 어떻게 살지?'라는 현실적인 질문 앞에서 뭘 해도 재미가 없었어요. 남들 점심 먹을 시간에 몸을 일으켜 간신히 편의점 김밥으로 끼니를 때우고 컴퓨터 앞에 앉아 구인정보를 검색하기 시작했어요. 그렇게 시간을 다 보내고 나면 얼추 남들 퇴근 시간이 다가왔고, 오늘도 망했다는 허망함에 커다란 자괴감만 밀려왔습니다. 이런 하루하루를 몇 개월간 반복했고요.

누구는 퇴사하고 필라테스 강사 자격증도 따고, 살도 쫙 빼서 재취업에 성공하던데, 누구는 모아놓은 돈으로 유럽 여행을 하며 온갖 도전과 모험을 즐기던데. 나란 인간은 고작 퇴사해서 한다는 게 이따위 시간 낭비라니.

그때 알았어요. 저는 '주인장 마음대로' 주어지는 시간 앞에서는 오히려 무기력해지고 무분별하게 막 나가는 타입이라는 걸요. 저에게는 계획과 통제가 절실했습니다. 그 깨달음 하나로도 그때의 암흑기는 충분히 의미가 있었네요.

'이대로는 인생 말아먹겠다'는 자각 이후, 저는 스스로를 다시 세우는 일부터 시작했습니다. 위기의 순간마다 '지금 이 순간 내 모든 것'을 찬찬히 뜯어보는 글쓰기부터 해왔던 터라 당장 노트를 하나 사왔어요. 그리고 다시 한번 성실히 '나'를 분석하는 일기 쓰기를 시작했습니다.

지금 나의 문제점들

1. 기상이 10시가 넘는 것
2. 늦게 일어나니까 새벽 4시까지 안 자는 것
3. 온종일 집에 있다 보니 계속 살이 찜
4. 아무도 안 만나려고 기를 쓰면서 외로워하는 모순
5. 취업에만 몰두하니 좁은 시야와 편견에 갇혀 있음

일기장에 현재 문제점들을 적다 보니 그제야 제 상태가 제대로 보이더군요. 늘 그렇습니다. 구체적으로 언어화하면 안 보이던 것이 명확한 윤곽을 드러내요. 명확성이란 역시 생각으로 얻어낼 수 있는 것이 아니에요. 생각으로 생각을 이끌거나 통제한다는 것은 불가능합니다. 그러니 일단은 글로 적어 가시화할 것. 내가 어디로 가고 있는지 내가 가고 싶은 곳은 어디인지 쓰다 보면 정신이 번쩍 들곤 하니까요.

엄마의 엄청난 잔소리와 아빠의 숱한 협박에도 꿈쩍하지 않던 마음이 꿈틀꿈틀 그제야 위치를 바꾸기 시작합니다. 스스로 위기의식을 뼈저리게 느끼는 것, 저는 이보다 더 큰 동기부여가 없다고 봐요. 변화의 시작은 늘 비루한 현실을 두 눈 똑똑히 뜨고 지켜보는 데서 시작하니까요.

일단 문제를 확인했으니 이제 나름의 해결책을 궁리할 시간. 그날 밤 제 일기장에는 헨리 포드Henry Ford가 했다고 전해지는 그 엄청난 문구, '사랑하거나 떠나거나 바꾸거나'가 15포인트 크기로 비장하게 박혀있었습니다. 나는 지금 나 자신과 내 삶을 사랑하지 못하고, 아무도 모르는 곳으로 떠날 용기도 없으니 남은 선택은 하나, '바꾸기'밖에 없었어요.

나만의 해결방법

1. 기상이 10시가 넘는 것

   → 매일 눈뜨자마자 기상 시간을 적는다

2. 늦게 일어나니까 새벽 4시까지 안 자는 것

   → 저녁 리추얼을 만들고 체크한다

3. 온종일 집에 있다 보니 계속 살이 찜

   → 집 근처 요가학원을 알아보고 등록한다

4. 아무도 안 만나려고 기를 쓰면서 외로워하는 모순

   → 일주일에 하루는 약속을 잡고 무슨 일이 있어도 사람들을 만난다

5. 취업에만 몰두하니 좁은 시야와 편견에 갇혀 있음

   → 다른 분야의 책이나 영화, 다큐멘터리 등을 일주일에 3개 이상 접한다

단단한 하루를 위한 작은 기록들

일단 매일 기상 시간부터 적기로 했어요. 그리고 오늘 하루 해낸 작지만 알찬 일들(스스로 아무것도 하지 않고 살고 있다는 생각이 계속 들었기 때문에 내가 뭘 하는지 하나씩 다 적어봤어요), 이를테면 '이불 빨래, 책 정리, 걷기운동 30분, 저녁은 컵라면 대신 직접 해 먹음' 같은 사소한 것들을 모두 적어 내려갔어요. 4번과 5번 문제를 해

결하기 위한 방법들도 잘하고 있는지 기록하고 짧은 소감을 정리했고요. 올해 안에 이루고 싶은 목표도 두 가지 정도 적어보았고, 그걸 위해 해야 할 일들도 몽땅 '브레인스토밍'으로 끄집어냈습니다.

그렇게 몇 개월간 바지런을 떨며 저는 다시 한번 깨달았어요. 일기를 꾸준히 쓴다는 건 나의 '기본 세팅값'을 바꾸는 일이라는 것을요. '불안함, 조급함, 낮은 자존감'으로 설정되어 있던 낡은 자아를 하루에 1mm씩 원하는 방향으로 움직이는 일이기 때문이에요.

2010년 4월 7일 수요일

기상 시간: 오전 7시 35분

- 오늘의 작은 성취들: 독서 1시간, 일기 쓰기, 걷기 40분(세 정거장 걸음), 가족들에게 안부 전화, 이력서 3통 제출
- 나만의 작은 상자에서 벗어나기 위해 한 일: 가계부를 쓰기 시작했고, 재테크 책을 대출해서 읽고 있다.
- 오늘 하루 정리: 삶을 '잘' 굴러가게 만드는 것은 아주 작은 것들이라는 생각이 다시 한번 드는 하루였다. 모닝 스트레칭, 해야 할 일 적기, 짧지만 몰입하는 독서, 일기 쓰기 같은 것들. 오늘 하루도 '잘' 굴러가게 만든 나를 칭찬해.

많은 순간 저를 일으켜 세운 일기 쓰기는 그 시절 다시 한번 저를 변화시킨 일등공신이 되어 주었어요. 매일 현시점에서 내가 힘을 발휘할 수 있는 가장 작은 행동들을 정리하는 일기 쓰기. 그 작은 성실함으로 저는 다시 내면의 자아와 긴밀히 연결되었습니다.

　일상이 바로 서니 새로움에 도전할 여유 시간과 에너지가 생겼고, 내가 원하는 장기적인 목표를 염두에 두고 움직일 동력도 확보가 되었어요. 머지않아 저는 다시 취업에 성공했고, 퇴근 후에는 글을 써서 책을 출간할 꿈을 꾸었습니다. 그저 꿈에서 그치는 게 아니라 일기 한구석에 그 꿈을 내가 얼마나 간절히 원하는지 매일 적어 내려갔어요.

　이 모든 것은 나의 일상을 관찰하고 기록하는 사소한 반복에서 비롯되었습니다.

99%를 _____

_____ 다스리는

1%의 힘 _____

아이 유치원에서 코로나19 확진자가 발생했습니다. 늦은 밤 긴 급문자를 받고 심장이 콩닥콩닥 뛰었어요. 방역수칙만 철저하게 지키면 코로나19는 남 일이라고 생각하고 살았는데 아이 옆 반 에서 확진자가 나왔다니 이게 진짜 내 일일 수도 있겠다는 생각 이 들었지요. 다행히 동선이 겹치지 않았지만 이후 2주간 또다시 가정보육을 해야 하는 상황. 코로나19로 벌써 몇 차례 가정보육 인지 모르겠어요. 출퇴근할 일이 없는 엄마라 확진자가 많아지 면 자가격리하며 집에서 데리고 있었는데, 그러다 보니 유치원 에 다닌 날보다 집에 머문 날이 더 많아져버렸습니다.

　아이가 집에 있으면 엄마들은 시간의 소중함을 뼈저리게 느 끼게 되지요. 특히 온전히 나에게만 쓸 수 있는 시간이요. 아이랑 온종일 집에서 부대끼다 보면 나만의 시간을 1시간도 채 못 갖게 될 때도 있어요. 그럴 때 저는 억지로 나만의 시간을 가지려 노력하다 스트레스를 받는 대신 하루에 딱 15분만 내 것으로 완전히 사용하자고 결심합니다. 하루 15분은 너무 적어서 아무 힘도 없을 것 같지만, 아니요. 15분도 '제대로' 사용하면 엄청난 힘을 발휘하더라고요. 그 적은 시간으로 하루치 스트레스가 다 날아가 버리기도 해요.

오롯이 나만을 위한 1%

하루는 1440분, 여기의 1%가 대략 15분입니다. 그런데 이 하루 1%로 나머지 99%를 잘 다스리게 만드는 일들이 있어요. 제가 지금까지 효과를 톡톡히 본 것들로는 명상, 스트레칭, 오후의 짧은 낮잠 그리고 일기 쓰기가 있어요. 이 네 가지 일들은 저에겐 15분을 잘 써서 나머지 시간을 더 잘 쓰게 만드는 가성비 최고의 전략적 도구들이었습니다.

30대 후반에 아이를 낳고 독박육아로 힘들어하는 친구가 있어요. 육아에서 가장 힘든 게 뭐냐고 물어보니까 역시나, '혼자만의 시간을 모조리 빼앗겨버린 것'이라고 단번에 대답하더라고요. 암요, 그 마음 너무나 잘 알지요. 저는 친구에게 물었습니다.

"그래도 하루 중에 언제 가장 여유 있어?"

"여유? 돌아서면 젖 먹이고 기저귀 가는데 여유가 뭔 소리야?"

"그래도 아주 잠깐이라도 숨 돌릴 틈 없어?"

"음, 오전 낮잠 잘 때 1시간 정도? 근데 애 깨기 전에 집도 치우고 나 밥도 먹어야 해서 그 1시간도 은근히 바빠."

"그럼 그 1시간 중에 15분은 괜찮아?"

저는 친구에게 하루 중 딱 15분만 '너만의 무언가'를 해보라고 권했습니다. 그게 무엇이든 괜찮고, 하다가 아이가 깨서 중단해도 좋으니 남편을 위한 것 말고 아이를 위한 일 말고 온전히 너만을 위한 15분을 사용해보라고요. 친구는 마치 자유 시간이 3시간쯤 주어진 것처럼 들뜬 목소리로 말했어요.

"15분? 뭐 하지? 책 읽을까? 원래 했던 드로잉할까? 성경 공부도 괜찮을 것 같고. 아, 너무 행복한 고민이다."

저도 아이가 어려서 나만의 시간을 조금도 낼 수 없던 시기가 있었어요. 몇 개월을 스트레스 받으며 우울감을 호소하다가 어느 날 딱 결심을 했습니다.

어차피 앞으로 몇 년간은 속도를 줄일 수밖에 없다. 나는 지금 전속력으로 달릴 수 없음을 인정하고 이 시간에만 경험할 수 있는 것—육아—에 최대한 집중하자. 하지만 하루 1%는 무슨 일이 있어도 나를 위해 써보자.

그렇게 육아를 하며 짬을 내 일기를 썼어요. 일기가 쓰기 싫은 날은 성경을 펼쳐놓고 필사를 했고요. 성경도 쓰기 싫은 날은 '아이가 크면 함께 하고 싶은 버킷리스트'를 틈틈이 100개가 넘게 적어보기도 했습니다.

'어떻게 더 많은 것을 해낼까?'가 아니라 '어떻게 지금 이 현실에서 재미를 만들까?'를 고민해야 하는 시간이 있습니다. 항상 목표를 향해 한 방향으로 나의 모든 시간과 열정을 조준할 수 있다면 좋겠지요. 하지만 살다 보면 다양한 행선지를 거치게 됩니다. 자의로 일을 그만두거나 타의로 일을 그만두고 집에서 쉬게 될 때도 있고요. 아이가 태어나고 나의 모든 것을 헌신해야 하는 시간, 부모님이 편찮으셔서 병간호를 해야만 하는 시간도 찾아오더라고요.

이제는 아이가 커서 제법 나만의 시간이 많아졌는데요. 지금도 저는 하루 99%를 잘 다스리기 위한 '마법의 1% 시간'을 사용하고 있어요.

가족들이 아직 곤히 잠들어 있는 이른 아침에 가볍게 스트레칭을 한 번 하고 따뜻한 물 한 잔을 가지고 책상에 앉는 기분은, 조금 과장된 표현을 하자면 온몸의 세포가 즐거운 비명을 지르는 것 같은 순간이에요. 그 15분간 '오늘 해야 할 일', '오늘 내가 원하는 하루', '나를 둘러싼, 작지만 아름다운 것들에 대한 감사'를 적으며 나머지 99%를 살아갈 힘을 얻습니다.

일기 습관을 만드는 '뻔하고 신박한' 방법

일기 쓰기 습관 만들기

아래는 제가 일기 쓰기를 결심하고 초창기 제 일기장에 적힌 내용들입니다. '저게 무슨 일기야. 저런 건 나도 맨날 쓰겠다' 할 만한 내용이죠. 맞습니다.

6월 8일

오늘 공부할 분량
- 영어 단어 40개 암기
- 수학 문제집 3장 풀기
- 중국어 5단원 필사하고 암기

그런데 돌아보니 제가 무려 '20년' 이상 일기 쓰기 습관을 이어올 수 있었던 이유는 바로 여기에 있었어요. 무슨 말인가 하면, 거창하고 대단한 뭔가를 적으려고 노력하지 않았기 때문이라는 이야기예요.

어떤 날은 공부할 분량만 잔뜩 늘어놓기도 하고, 어떤 날은 '내가 소심한 내향인이라고 확신하는 열 가지 이유'에 대해 혼자 세상 진지해지기도 했어요. 20대 중반까지의 일기장에는 엄마 아빠 뒷담화도 한가득했고(미안), 비련의 여주인공으로 빙의해서 연애사를 아주 대하소설처럼 풀어내기도 했죠.

만약 일기에 엄격한 규칙과 법칙이 있었다면 어땠을까요? 초등학교 때 숙제처럼 정해진 분량이나 주제가 있었더라면? 제 성격에 아마 1년도 안 되어 때려치웠을 가능성이 99%입니다. 하지만 20년 이상 이어온 일기 쓰기의 유일한 규칙이 '규칙 없음'이었기에 저는 지금까지도 즐겁게 일기를 쓰고 있어요.

저의 일기 예찬을 듣고 제 주변에는 자기도 일기 쓰기를 시작했다고 고백하는(?) 지인들도 있는데요. 그중에 몇 년이 지난 후에도 '나 아직도 일기 쓰고 있어'라는 사람이 다섯 손가락도 안 됩니다.

일기 쓰기를 오래 못 하는 이유는 첫째, 즐겁게 하지 않아서. 둘째, 행복하게 하지 않아서예요. 즐겁고 행복하려면 지나치게 규칙에 얽매여서는 안 되지요.

'매일 20줄 이상, 일주일에 세 차례 반드시 작성할 것!'

'월수금은 나의 자존감에 관한 주제로, 화목토는 인생 목표에 관해 적을 것!'

처음부터 이런 틀에 갇힌 사람들에게는 그게 어떤 일이라도 부담스러운 과제가 됩니다. 새로운 습관을 일상에 추가할 때 규칙을 꼼꼼히 따지고 고지식하게 몰아붙이면 '작심삼일러'가 되기 딱 좋아요.

그보다는 그냥 노트를 펼쳐놓고 어떤 말도 다 풀어내는 거예요. 뭐니 뭐니 해도 이것이 일기 쓰기의 가장 큰 매력입니다. 시선을 끄는 첫 문장이나 훈훈한 마무리 문장도 필요 없이 그저 의식의 흐름대로 마구 갈기면 된다는 점이요. '이런 말만 지껄이기에는 나무에게 미안하고 지구에게도 많이 실례'라는 생각이 들 만큼 떠오르는 무엇이든 적어보는 겁니다. 삶에 '그런 일' 하나쯤 있어도 괜찮아요. 분명한 목적의식 속에서 경쟁력과 성과를 창출하기 위한 노력만 하고 살 수는 없는 법이니까요. 나다운 공간 안에서 한껏 뭉그적거린 시간도 똑같이 내 삶을 이룬 한 조각의 시간입니다. 충분히 예쁘고 귀해요.

단, 루틴을 가질 것

하지만 기억해야 할 것이 하나 있습니다. 작심삼일러가 아닌

'작심평생'을 위해서 말이죠.

내용은 최대한 마음대로. 단, 최소한의 사이클을 만들 것!

일기 쓰기 습관에 대해 제가 하고 싶은 말은 딱 이 한마디뿐이에요. 여기에 모든 것이 담겨 있거든요. 일기장에 담길 내용은 무엇이든 상관없지만, 기왕이면 비슷한 시간에 비슷한 장소에서 그 일을 하는 것은 중요합니다.

디테일한 예를 들어 볼게요. 오늘은 일기장에 '올 하반기에 해내고 싶은 목표 세 가지'를 적고, 내일은 '결혼을 한다면 현남친과 해야 하는 이유 열 가지'를 적어도 되지만, 기왕 글을 쓰기로 했다면요. 그리고 그 글을 하루 이틀 쓸 게 아니라 좀 꾸준히 써보고자 한다면 '손에 잡히는 대로'나 '영감이 내려오는 날'을 기다리지 말고 '잠들기 전' 혹은 '내가 정한 그 시간'에 해야 한다는 거죠.

'클리셰Cliché'라는 단어가 있습니다. 진부하고 식상한 반복을 뜻하는 프랑스어예요. 예술에서는 클리셰의 파괴가 개성과 독창으로 이어지겠지만 일상을 영위하는 데 있어서는 뻔한 패턴을 반복하는 과정이 너무나 중요합니다. 그 과정을 통해서만 '힘'이 생기고, 다음 단계를 위한 발판이 마련되기 때문이에요. 미국의

미술가 척 클로스Chuck Close의 유명한 말이 있죠.

> "영감은 아마추어에게나 필요한 것이다. 우리는 그냥 일어나서 일하러 간다."

얼마나 차분하고 당당하고 쿨한가요. 인터넷에 돌아다니는 김연아 선수의 그 유명한 명언'짤'도 비슷하지요. "연습할 때 무슨 생각해요?" 묻는 기자에게 김연아 선수는 예의 그 무덤덤한 표정과 말투로 툭 내뱉어요.

> "무슨 생각을 해, 그냥 하는 거지."

특별한 순간이나 영감에 기대지 않고, 지나친 기대와 과욕을 내려놓은 채 그저 어제처럼, 일주일 전처럼, 한 달 전, 1년 전처럼 묵묵히 그 일을 오래 해내는 사람의 마음은 비슷합니다. 요란하지도 화려하지도 않아요. 그래서 '그 일을 그냥 할 뿐'이라는 말 밖에 다른 할 말이 없을 법도 합니다. 불평도 변명도 없이 그저 담백한 마음으로 '그 일을 그 시간에 그만큼' 하는 거니까요.

> 나만의 방법으로 내가 가장 잘해낼 수 있는 시간에 똑같이 그 일을 하는 것.

이것이 글쓰기 습관을 만드는 가장 뻔하지만 '신박한' 방법입니다. 이 방법이 '신박한' 이유는, 알지만 실천하는 사람이 극소수인 방법이니까요. 제가 생각하는 '독창성'은 아무도 모르는 거창하고 특별한 무언가가 아닙니다. 세상에 그런 건 없다고 봐요. 소수의 사람만이 꾸준히 실천하는 행위에도 '독창성'이 깃듭니다. 특히 아무리 사소한 일이라도 100일 이상 꾸준히 실천한다면 당신의 '독창성'은 이미 상위 10% 안에 드는 셈이에요. 돌아보세요. 똑같은 일을 100일 이상 해내는 사람이 얼마나 적은지를요.

새로운 습관이 삶에 더해지면

관찰해보면 모든 습관이 삶에 자리를 트는 모습은 대개 비슷합니다. 처음에는 호기심에 그 일을 '한 번' 해봐요. 누가 좋다니까, 효과를 봤다니까 가볍게 해보는 정도로 그 일과 안면을 트는 것이죠. 음, 그런데 한 번 해보니 느낌이 나쁘지 않아요. '꾹 참고 일주일 정도 더 해볼까?' 그렇게 작심삼일의 벽을 넘깁니다.

열흘쯤 비슷한 시간에 그 일을 반복하다 보면 무언가 꿈틀꿈틀, 아주 미묘한 변화가 포착되기 시작해요. '응? 이거 쭉 해보면 정말 달라지겠는데?'

갑자기 그 일이 재미있어지려고 해요. 소소한 재미를 발견하면 그 일이 습관이 되는 것이 훨씬 수월해져요. 의지력으로 이를 악물고 버티는 것보다 정신건강에 이로운 건 말할 것도 없고요.

저는 언제부턴가 제 의지를 정말 믿지 않거든요. 그 녀석은 진정한 배신의 아이콘이니까요. 의지만 의지한 채 추진한 일들은 (영어공부, 다이어트, 새벽 기상, 정리정돈 등) 실패와 성공을 무한 반복했어요. 3일 잘해내면 다시 5일째 픽, 쓰러지고, 가족들에게 돈까지 걸고 다시 한 열흘 해내면, 이후 두세 달은 쳐다보지도 않는 식이었죠.

그런데 '재미'가 끼어들면 이야기가 달라집니다. 일기를 쓰며 마음이 안정되고 일상이 정돈되는 '좋은 느낌'이 재미있어지자 누가 시키지 않아도 그 일을 위한 시간을 기꺼이 비워두게 되었어요.

'오늘은 신경숙 소설 다 읽고 리뷰를 적어봐야지.'
'오늘은 40대에 하고 싶은 일을 열 가지 써볼 거야.'

일기장에 적을 내용이 생기면 온종일 설레기까지 했어요. 책을 읽는 일도, 몇 년 전부터 습관이 된 명상도, 블로그 글쓰기도, 물을 많이 마시고 매일 아침 사과를 챙겨 먹는 것도 마찬가지예요. 누가 시키지 않아도 한정된 자원인 '시간'을 그 일에 바지런히 갖다 바칩니다. 마치 내 삶에게 '오늘도 잘 부탁해', '우리 서로에게 더욱 친절해지자'라고 말을 건네는 것처럼 말이에요.

일기를 쓰며 저는 비로소 마음을 들여다보기 시작했고, 해야 할 일들에 집중하기 시작했어요. 일기 쓰기라는 습관 하나가 추가되었을 뿐인데 삶이 이전과 정반대 모습을 그리기 시작했습니다. 어떻게든 내 감정을 외면하고 도망쳤고, 해야 할 일들이 아닌 괴로운 일들에 집중해서 생각에 휘말리며 살던 '나'는 작아졌어요. 반대로 작지만 해낸 일에 대한 성취감으로 미소 짓는 '나'는 커졌습니다. 그러니까 '기적'이란 다름 아닌 하나의 새로운 습관이 아닐까 하는 생각도 들어요.

일기 쓰기가 막막한 ——————
—————— 사람을 위한
질문 목록 —————— 일기 쓰기 노하우 ②

일기가 너무 쓰기 싫은 날은 억지로 스스로를 다그치지 않길 바라요. 유난히 뭔가를 쓰고 싶은 날도 이유가 있듯, 쓰기 싫은 날도 분명 이유가 있을 테니까요. 그럼에도 '일기 쓰기 싫을 때 나에게 하면 좋은 질문 목록'을 정리해본 것은 우리 마음이 A나 B가 아닌 그 중간 어디쯤 놓이는 날도 있기 때문이죠.

　마음이란 게 그렇잖아요. 확실한 언어로 표현되기보다 언어 밖 경계선 어딘가에서 헤매는 날도 사실 많지요. 저도 그런 날이 있거든요. 너무 쓰기 싫은데, 쓰고 싶은 날이요. 너무 하기 싫은데 하고 싶은 일이 있고, 너무 미운데도 사랑하는 사람이 있듯이요. 이 모순을 이해하시지요?

　그러니까 이 질문 목록은 '일기 쓰기 싫은데 막상 그냥 잠들려니까 뭔가 허전한데?' 하는 날, '뭘 써야 할지 모르겠지만 뭔가 끄적거리며 하루를 마무리하고 싶어!' 같은 날들을 위한 팁입니다. 일기장 펼쳐두고 막막할 때 하나씩 답해보세요. 어떤 질문은 쓰다 보면 정신이 번쩍 들 거예요.

아래의 목록을 가만히 읽어보며 지금 이 순간 가장 끌리는 질문을 선택하세요. 그리고 천천히 마음을 열고 솔직하게 질문에 답하는 시간을 가져보세요.

① 오늘 제일 좋았던 점, 싫었던 점은 무엇인가요?

② 오늘 스스로와 지킨 약속은 무엇인가요?

③ 오늘 가장 많이 느낀 감정과 그 감정을 느낀 상황은요?

④ 오늘 아침에 일어나 1시간 동안 내가 한 일을 돌아보세요.

　(나의 아침 루틴을 확인할 수 있어요.)

⑤ 오늘 잠들기 전 1시간 동안 내가 한 일은 무엇인가요?

　(나의 저녁 루틴을 확인할 수 있어요.)

⑥ 오늘 사람들과의 대화 속에서 배우거나 깨달은 점은 무엇인가요?

⑦ 오늘 잘 해낸 일 세 가지는 뭐가 있을까요?

⑧ 오늘 나를 가장 많이 찾아온 감정은 무엇이었나요? (최대 세 가지)

⑨ 오늘 하루 먹은 것들은 무엇인가요?

⑩ 오늘 다른 사람을 위해 한 일과 나 자신을 위해 한 일은 무엇인가요?

일기 쓰기에_____
관해 자주 받는 질문 1

Q 일기는 꼭 손으로 써야 하나요?
A **디지털 화면에 고정하던 눈과 뇌를 잠시 쉬게 하는 것도, 일기를 쓰며 누릴 수 있는 보기 드문 호사랍니다.**

일기는 꼭 손으로 한 자 한 자 적어야 하느냐는 질문을 의외로 많이 받아요. 시중에 널린 수많은 생산성 도구를 놔두고 '왜 굳이' 시간 낭비하냐는 사람도 있고요. 손으로 도저히 못 쓰겠다 하는 분은 평소 즐겨 쓰는 가장 익숙하고 편한 도구를 이용하셔도 좋습니다. 노션, 에버노트, 구글 스프레드시트나 다양한 메모 앱에 글을 쓰셔도 좋고요. 블로그에 비밀 폴더를 만들어서 꾸준히 업로드하는 것도 방법입니다. 하지만 이건 어디까지나 '손으로는 도저히…' 하는 분들을 위한 차선책이고요, 가능하면 손으로 글을 쓰는 걸 추천합니다. 모든 게 빨리 돌아가는 세상에서 '의도적으로' 속도를 늦추는 게 하나쯤 있으면 좋아요. 몇 주만 써봐도 손글씨를 왜 능동적인 명상이라고 하는지 알게 될 거예요.

저는 개인적으로 '일기만큼은' 손으로 쓰는 것을 선호해요. (다른 글쓰기는 전부 컴퓨터로 작업해요.) 저 역시 여러 IT 도구와 서비스를 이용해 일기를 써봤지만 결국은 다시 노트로 돌아오게 되었어요.

그 이유는 몇 가지가 있는데요, 일단 가장 큰 이유는 일기를 쓰는 시간만큼은 모든 접속을 끊고 오롯이 홀로이고 싶다는 바람이 컸기 때문이에요. 아날로그 향수나 특별한 낭만을 느끼고 싶은 이유보다도 그냥 '디지털'이 지겹다는 느낌. 끝없이 피로해지는 감각에서 잠시라도 해방되고 싶은 바람이었지요. 스마트폰 앱에 일기를 쓰면 쓰기 전에 한 번, 쓰고 나서 또 한 번은 다른 SNS를 기웃거리고 포털뉴스를 클릭하는 등 주의가 분산되고 불필요한 자극을 받게 되더라고요. 노트북을 꺼내 워드에 일기를 쓸 때도 마찬가지였어요. 전원 버튼 누르기 전에 괜히 메일이라도 한 번 더 체크해야 할 것 같은 불안한 마음이 올라왔어요. 저는 하루에 단 20분이라도 완벽히 멈추고 싶었고, 그것이 디지털 화면을 앞에 두고는 불가능하다는 결론이 나더라고요. 그렇다고 와이파이도 안 되는 곳에서 〈나는 자연인이다〉처럼 살 수는 없지만, 하루의 시작과 끝마무리 리추얼만큼은 '의도적인 선택'을 하고 싶었어요. 조금은 고요하게, 그리고 평화롭게 말이지요.

　두 번째 이유는 손으로 적는 행위가 저에게 묘한 안정감을 주었기 때문이에요. 사각사각. 적막 속에 펜이 종이를 스치는 소리만이 방 안을 가득 채우는 그런 경험, 있으시지요? 그 시간은 온 세상이 멈춰서 내 이야기에 귀 기울여주는 신비한 기분에 젖기도 하고, 늘 좀 더 빠르고 효율적인 일 처리를 고민하는 대신 이 속도대로 살아도 충분히 괜찮다는 위로를 주기도 해요. 그래서일까요? 줄리아 캐머런Julia Cameron은 이렇게 말했어요.

　　손으로 모닝 페이지를 쓰는 것은 시속 60킬로미터로 차를 모는 것과 같다. "아, 출구가 저기 있네. 저기 좀 봐. 편의점이 있어"라고 말할 수 있다.
　　그런데 컴퓨터로 모닝 페이지를 쓰는 것은 시속 120킬로미터로 차를 모는 것과 같다. "저런, 저기가 내가 나가야 할 출구였어? 저기가 편의점이었어? 주유소였어?"라며 놀란다. 지각 작용은 순식간에 일어난다. 너무 빨리 차를 몰면 보거나 느낀 것을 제대로 알지 못한다. 우리는 중요한 이정표와 그 안에 적힌 세부 사항을 못 보고 지나친다.
　　－ 줄리아 캐머런, 『새로운 시작을 위한 아티스트 웨이』, 청미, 2020.

이건 정말이지 오랜 시간 손으로 무언가를 끄적거린 사람만이 이해할 수 있는 배경지식 같은 것이지만요. 손으로 내 하루를 정리하는 일, 감정을 돌아보고 질문을 던지며 오래 뜸 들여 대답하는 것. 아주 느리고 귀찮아도 충분히 가치 있는 일이라고 여기게 됩니다.

세 번째 이유는 집중력과 인내심을 배울 수 있기 때문이에요. 집중과 인내는 둘 다 지루하고 답답한 느낌을 주는 키워드지만 그것을 통해 얻는 선물이 분명 존재합니다. 사실상 대부분 중요한 내면의 응답은 '집중과 인내' 끝에 찾아오지요. 저는 오랜 시간 손으로 글을 쓰며 그것을 몸에 익힐 수 있었어요. 빨리 끝내버리고 싶은 강렬한 욕구를 알아차리고 왜 지금은 그게 필요 없는지를 내게 이해시키는 것, '이 순간' 내 앞에 놓인 이것보다 더 중요하고 대단한 일을 해야 한다는 끝없는 내면의 목소리를 전해 들으며 '지금 이 순간 바로 이 자리'에 정확히 머물러보는 것. 이 훈련의 바탕에는 느리고 따분한 손글씨가 있었다고 하면 믿으실까요?

마지막 이유는 백지만이 가지는 완벽한 융통성 때문이에요. 스스로를 '옛날 사람'이라 여기는 저는 IT 기기에서 이전 기록을 뒤적거리고 필요한 방식을 마음에 쏙 들게 구성하는 게 오히려 시간이 더 걸려요. 하지만 노트라면? 백지 위에 그때그때 필요한 스타일을 어떤 형태로든 만들어 쓸 수 있지요.

예를 들어, 어떤 날은 커다란 나무를 그리고 그 안에 주렁주렁 매달린 과일을 마치 마인드맵처럼 활용해 떠오르는 주제의 키워드를 선별해 정리하기도 하고, 어떤 날은 한 페이지에 알록달록 스티커를 20개쯤 붙이며 스트레스를 해소하기도 하거든요. 가끔이지만 딸이랑 노트 가운데 선을 긋고 반반씩 일기를 쓰는 날도 있고(언제나 엄마 일기장이 본인 것보다 좋아 보이나 봐요) 갑자기 생각나는 것들을 목록으로 적느라 끝도 없이 칸이 늘어나거나 갈라지기도 하거든요. 이 모든 걸 '손'이나 '노트'만큼 자유자재로 구현할 수 있는 IT 서비스도 없으니까요.

『불렛저널』의 라이더 캐롤Ryder Carroll은 이렇게 말했습니다. 아날로그 방식을 사용한다는 건, 별도의 오프라인 공간을 만든다는 의미라고요. 일을 처리하고, 생각하며, 집중하는 데 필요한 공간 말이에요.

손으로 적는 행위는 우리를 사로잡는 다른 메커니즘과 달리, 신경학적 수준에서 우리의 관심을 현재의 순간으로 끌어들인다. (…중략…) 끝이 안 보이는 동경의 대상인 미디어의 흐름에 시선을 빼앗긴 우리는 자신만의 방식으로 진정 의미 있는 것이 무엇인지 정의할 기회조차 잃어버린다.

– 라이더 캐롤, 「불렛저널」, 한빛비즈, 2018.

라이더 캐롤은 '진정한 효율성은 속도가 아니라, 진정으로 중요한 것에 얼마나 많은 시간을 쓰느냐에 달려 있다'고 했는데요. 저 역시 크게 공감하는 바입니다. 먼 길이 지름길일 수도 있고, 느린 걸음이 가장 정확한 방향으로 우리를 데려갈 수도 있어요.

일기 쓰기에서만큼은 조금 느리고 비효율적이라도 좋습니다. 그만큼 멈춰서 생각할 기회를 얻게 될 테니까요. 나 자신과 노트. 둘만 남겨진 시간을 마주해보세요. 온갖 소음과 경쟁과 폭력과 투쟁이 가득한 디지털 세상을 그 사이에 두지 마시고요.

———

하찮은 일도 사실 쓰다 보면
조금 대단한 것처럼 여겨질 때도 있다는 것 역시
일기 쓰기의 놀랍고 재미있는 점 중 하나입니다.

———

돌아보면 모든 과정의 기록은 참으로 빛나요. 아무리 슬프고 보잘것없는 기록일지라도 그래요. 오늘 묵묵히 해낸 일, 어제와 달라진 점, 내일의 크고 작은 기대를 담담히 기록해나가는 독백의 시간. 마치 전구 하나가 반짝, 삶에 더해지는 것 같은 따뜻한 시간이에요.

제2장

_____ 어른이기에,
이렇게 일기를 씁니다

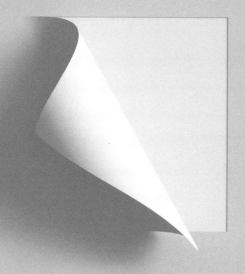

나다운 _____

_____ 명랑한 꿈을

좇아서 _____

반쪽짜리 꿈을 좇지 않기 위해

솔직히 고백하건대, 서른 살까지 제 삶(특히 마음)은 아주 점잖게 표현해도 고삐 풀린 망아지 수준이었어요. 이는 목표나 가치에 있어서도 그랬습니다. 워라밸이고 뭐고 무조건 돈만 열심히 버는 누군가를 보면 '노후를 위해 나도 저렇게 살아야지' 했다가, 꾸준히 좋아하는 일에 몰두하며 행복해하는 사람을 보면 그게 또 정답 같기도 했어요. 어느 날은 별안간 해외 일자리를 알아보았다가 어느 날은 박사과정을 밟아볼까 진지하게 고민하기도 했으니까요.

　세상에서 가장 알 수 없는 것은 내 마음이었고, 나란 사람이 대체 3년 뒤 어디서 누구와 무엇을 하며 살고 있을지 윤곽도 그려지지 않았죠.

일기를 쓰며 오래 마음을 들여다봤음에도 나를 이해한다는 건 그토록 힘든 일이더군요. 약간의 위로는, 다행히 저만 그런 게 아니라는 사실이었어요. 스물 예닐곱을 건너는 주변 친구들도 대부분 비슷한 방황을 겪었습니다. 직장에 들어가자마자 퇴사를 고민하고, 국가고시를 준비하다가 창업을 하기도 하고, 갑자기 결혼을 하거나, 다시는 돌아오지 않을 것처럼 급하게 유학길에 오르는 친구도 있었어요. 지금 돌아보면 그것들은 '용기'와는 전혀 다른 종류의 것이었어요. 아니, 오히려 용기의 반대, 두려움 때문이었지요.

놀라운 것은 마흔에 가까운 지금도 주변에서 그런 사람들을 흔히 볼 수 있다는 사실이에요. 누가 유튜브로 월급 외에 100만 원씩 더 번다고 하면 유튜브를 기웃거리고, 누가 스마트스토어로 대박쳤다고 하면 퇴근하고 남는 시간을 온통 거기에 쏟아붓는 사람. 친구나 동료가 어느 날 책이라도 쓰면 그날부터 갑자기 책 쓰기에 관심이 가고, 대학원에 간다고 하면 빚이라도 내서 지금이라도 가방끈을 늘려야 하는지 밤새 고민하는 사람. 대체 무엇을 하며 어떻게 살아가고 싶은지 웬만큼 용한 점쟁이도 울고 갈 사람들이죠.

자신만의 목표가 없는 사람들은 사실상 평생을 이런 모습으로 살아갑니다. 나이 먹는다고 달라지지 않더라고요. 가을바람에 여기저기 휩쓸리는 마른 낙엽같이 쓸쓸한 모양새예요.

제가 본격적으로 '나다운 목표'를 찾아 헤매기 시작한 건 20대 후반 무렵부터예요. 가끔씩 저는 먼지도 털어낼 겸 지난 일기장을 정리하고 들춰보는데요. 그러다 스물세 살 무렵의 일기를 우연히 읽게 되었어요. 그 일기를 읽던 당시의 저는 서른이 채 안 된 나이, 아마도 스물여덟아홉 살 무렵인데요. 놀랍게도 그때의 목표들이 스물여섯 살에도 똑같이 목표 리스트에 올라 있는 것을 본 거예요. 마찬가지로 스물다섯 살 때 고민하던 부분을 스물여덟 살이 되어서도 똑같이 고민하고 있는 것을 일기장 안에서 발견한 순간, 그것이 제게는 엄청난 충격으로 다가왔습니다. 긴 시간 일기를 썼지만 '헛짓거리'했다는 자괴감이 몰려왔죠.

　해마다 일기장 가득히 하고 싶은 일도, 해야 할 일도 빼곡했지만 솔직히 그냥 정신없이 쌓인 쓰레기통 꼴이었어요. 목표란 것도 마찬가지. 다이어트, 영어공부, 내 집 마련, 세계여행, 서른 전에 5,000만 원 모으기 등 여기저기서 긁어 붙인 것 같은 목표들이 뒤죽박죽이었어요.

　남들의 목표가 내 목표가 되었을 때 발생하는 치명적인 오류는, 관심도 능력도 없고 거의 돈이나 유행 때문에 발을 담근 경우이기 때문에 그 목표를 지속하지 못한다는 사실입니다. 깨져도 다시 달려들고 시행착오 속에서 뭔가를 배우며 도전하지 않아요. 하다가 잘 안 되면 그냥 놔버리고 다시 다른 '남들의 목표'에 기웃거리는 거예요. 반복적인 시간 낭비가 되는 셈이에요.

이대로는 안 되겠다 싶은 저는 그때부터 이를 악물고 '나만의, 나다운' 목표를 찾기 위해 노력했어요. 아까 마른 낙엽같다는 조금 흉흉한 표현을 했는데, 일기를 쓰며 목표를 찾는 과정을 제 안에 지저분한 낙엽들을 하나씩 쓸어서 깨끗하게 만드는 일이라고 상상했기 때문이에요. 남들 생각, 편견, 유행, 두려움, 무지. 어린 시절부터 부모님과 주변 사람들에게 주입받은 가치와 관념들까지 몽땅 풀어보며 '나'를 분석했습니다. 이런 낙엽들을 하나씩 쓸다 보면 어느 날 깨끗해진 바닥을 볼 수 있고 거기에서 비로소 '나만의, 나다운' 꿈과 목표를 발견할 수 있을 거라고 믿었어요. 그래서 일기를 쓰며 자주 이런 생각에 잠겼어요.

'이게 언제부터 내 목표(꿈)가 되었지?'
'누가 이렇게 해야 한다고 말했지?'
'대체 왜 이걸 하고 싶은 거지?'

나의 진짜 생각과 목소리가 듣고 싶었어요. 급한 대로 꺼내 쓰던 남들 의견, 생각, 정보들은 치워버리고 내가 진짜 중요하다고 믿는 가치, 타고난 기질과 성향을 바탕으로 그려낸 인생 시나리오를 새로 쓰고 싶었어요.

이왕 나로 태어난 거 기왕이면 잘 살아야 하니까

'하겠다'는 결심은 놀라운 시작을 열어줍니다. 때론 '다시 시작하겠다', '모든 걸 리셋하겠다', '나는 다시 태어났다'라는 한 차례의 혼잣말로도 정말 다시 일어날 힘을 얻기에 충분해요. 그 말을 내뱉는 자체가 나를 믿는다는 의미니까요.

'다시 나를 본다. 날것 그대로의 나를 본다.'

저는 일기장에 이 문장을 자주 적었습니다. 내 깊은 욕구와 소망을 발견하려면 일단 내가 누구인지를 이해해야만 가능하겠더라고요.

인터넷만 되면 누구나 할 수 있는 MBTI 검사 말고, 정말 솔직하고 진지한 질문들을 바탕으로 '내 길'을 고민해본 적이 있으신가요?

만약 지금 현재 꿈도 목표도, 삶의 어떤 의지나 재미도 찾을 수 없다면? '나'를 주제로 한 글을 30개만 써보시길 바라요. 그 하나하나의 글들은 '나'라는 목적지에 닿기 위한 각각의 발걸음이라고 생각해보는 거예요.

나는 뭘 좋아하는지

내가 유독 싫어하는 것들은 무엇인지

어떤 사람들이 곁에 있는지

거쳐온 회사나 직업은 무엇인지

어떻게 살고 싶은지

어떻게 살기 싫은지

이왕 나로 태어난 거, 기왕이면 나와 최대한 친하게 지내며 협업해야 하지 않겠어요? 두 명의 동업자가 각자 딴생각하며 기업을 운영한다고 생각해보세요. 회사가 산으로 가는 건 시간 문제겠지요.

저는 지금도 일기를 쓰며 목표에 의식을 집중하고, '할 수 없을 것'이라는 마음에 힘을 실어주는 모든 방해요소를 떨쳐내는 작업을 합니다. 조금은 낯간지러운 긍정확언도 왕창 적어놓아요. '다가올 모든 아름다운 것들과 좋은 것들을 두 팔 벌려 환영합니다. 참된 기쁨과 평화, 풍요와 감사함을 안고 영혼이 원하는 길을 향해 두려움 없이 걷습니다.' 이런들 어쩌하고 저런들 어쩌한가요? 어차피 혼자 들어가는 비밀의 방인데요.

나다운 건 대체 뭔데?

그런데 '나답다'는 의미는 대체 무엇일까요? 나다운 인생과 목표란 당최 어떤 것이냐는 말이에요. 예전에 '나다운' 키워드의 책들이 서점 매대를 선점할 때 함께 책을 고르던 친한 친구 하나가 말했어요.

> "나는 '나답게 살아야 한다'는 말이 더 스트레스야. 그게 어떤 건지 아무도 말도 안해주면서 뭘 어쩌란 거야."

비슷한 '욱함'을 경험한 분들이 꽤 많으실 것 같아 정리해봤습니다. 나다운 삶과 목표란 대체 무엇일까요? 저는 이렇게 생각합니다.

첫째, 늘 현재 있는 곳이 아닌 다른 곳에 있기를 원한다면 나다운 삶을 살고 있지 않을 가능성이 크다.

둘째, 삶에 큰 좌절이나 불행이 없더라도 작은 불쾌감과 우울감이 계속된다면 나다운 삶을 살고 있지 않을 가능성이 크다.

셋째, 뼈 빠지게 열심히 사는데도 무기력하고 공허하다면 나다운 삶을 살고 있지 않을 가능성이 크다.

넷째, 마찬가지로 죽어라 노력해도 삶이 조금도 나아지지 않는다고 느껴지면 나다운 삶을 살고 있지 않을 가능성이 크다.

다섯째, 부럽고 질투 나는 사람이 많거나 그런 감정이 자주 찾아오면 나다운 삶을 살고 있지 않을 가능성이 크다.

여섯째, 무엇을 시작하든 다른 사람의 의견과 시선을 가장 먼저 생각한다면 나다운 삶을 살고 있지 않을 가능성이 크다.

이 밖에도 여러 가지가 있겠지만 가장 확실한 증거 여섯 가지를 꼽아보자면 이렇습니다. 한번 체크해보세요. 지금, 나다움을 잃지 않고 살고 있는지요. 성공한 친구나 유명 연예인, SNS 스타들이 원하는 것을 원하고, 좋다는 것을 좋아하지 말고 한 번쯤은 진짜 내 마음을 토대로 자주적인 결정을 내려보는 거예요.

나다운 목표를 찾고, 발견하고, 실천해가는 과정은 아주 먼 길을 향해 걷는 여정입니다. 손쉽게 뚝딱 이루어질 리가 없어요. 좌절과 눈물 없이는 볼 수 없는 역대급 신파극이 될지도 몰라요. 그럼에도 나다운 목표, 나다운 삶은 충분히 살아볼 만한 가치를 지녔지요. 100억을 벌어도 나답지 않은 시간이었다고 여긴다면 실패한 삶일 것이고, 먼 길을 돌고 돌았지만 최대한 충실하게 나로 살았다고 여긴다면 이미 행복하고 성공적인 인생일 테니까요.

일기 쓰기를 ＿＿＿＿＿＿＿＿
　　　　　＿＿＿＿＿＿＿＿＿＿ 통해
배운 것 ＿＿＿＿＿＿＿＿＿＿

시각을 조금만 바꾸면 어떨까? 만약 삶의 목표가 승리하는 것이 아니라 배움이라면? 그러면 이야기의 결말이 매우 달라진다. 탄생과 죽음 사이에 일어나는 일도 달라질 것이다. (⋯중략⋯) "내가 배우고자 했던 모든 것을 나는 배웠다. 나는 목적을 이루었다. 인생에서 하고자 했던 일은 모두 시도해 봤으니까. 떠돌이 노동자, 급진주의자, 매춘부, 도둑, 개혁가, 사회운동가, 혁명가가 되는 것이 어떤 느낌인지 알고 싶었고, 또 그것을 알았다. 그리고 온몸으로 전율했다. 그것들 모두 가치 있는 일이었고, 내 삶에 비극은 없었다. 그렇다. 내 기도는 응답받았다."

－ 캐럴 피어슨, 『나는 나』, 연금술사, 2020.

과정에서 배우고 성장하는 법

캐럴 피어슨Carol Pearson의 『나는 나』에 나오는 부분입니다. 우리 삶의 목표가 성공이나 승리가 아닌 배움이라면 어떨까요? 우리가 느끼는 많은 것이 달라질 거예요. 그렇게 되면 진정으로 모든 순간이 꿈을 이루는 과정이자 삶의 선물이 되니까요.

15번의 취업 고배, 5년간 사랑한 연인과의 파혼, 남들 다 벌 때 쫄딱 말아먹은 주식이나 3년간 준비한 사업이 코로나19라는 역풍에 넘어진 일 같은 건 어떤가요? '배움'이 목표라면 나란 사람은 '운도 없고 나잇값도 못하는' 게 아니라 아주 열정 넘치는 꿈쟁이가 되겠지요.

이 관점은 삶과의 관계를 새롭게 맺게 도와줍니다. 캐럴 피어슨의 말처럼 이 관점에서는 내 재산이 얼마이고 내 지위가 어느 정도인지가 아니라 '나는 누구인가'를 잊어버리는 일이 삶에서 일어날 수 있는 가장 큰 비극이 되지요.

일기로 배움을 완성하는 방법

일기를 쓰면 무엇보다 '과정'을 기록하게 됩니다. 결혼하고 아이 낳으며 살아온 과정, 기쁨과 슬픔 등 감정을 통과한 과정, 일의 성공과 실패 등 외적인 성장과정까지. 기록이 위대하고 아름다운(거창한 표현이지만 이 표현이 딱이에요) 이유는 그것이 내 삶의 자서전이자 또 다른 자아 그 자체이기 때문이에요.

조금 진부한 표현이긴 하지만 '성공보다는 성장'이라는 말이 있습니다. 삶의 목표를 '배움'에 두는 것과 같은 맥락이지요. 그냥 뻔한 소리라고 옆으로 치워두기 전에 다시 한번 그 의미를 가만히 곱씹어보세요.

'성공'은 대기업에 취직 못 한 나를 낙오자로 만들겠지만 '성장'은 이 모든 과정이 나를 위한 필연적인 훈련코스임을 알고 그 안에서 뭔가를 깨닫게 만들어요. '성공'은 아이 낳고 경력단절에 집에서 밥만 하는 나를 초라한 삶으로 표현하겠지만 '성장'은 자아실현보다 더 중요한 일에 헌신할 시기가 반드시 필요하며, 그 시기를 잘 통과하는 것이 훨씬 더 '커다란 일'임을 알게 되는 식입니다.

그러니 부디 그 모든 과정을 글로 남겨보길 바라요. 성공이 아닌 성장의 과정, 승리가 아닌 배움의 과정이요.

어떤 날은 자신감이 떨어지고, 어떤 날은 모든 게 헛짓거리 같기도 하지만 다시 힘을 내서 뭔가를 시작하는 나의 이야기. 뒤늦게 발견한 꿈을 향해 그냥 우직하게 한 걸음씩 걸어가는 나의 이야기들을요.

아이를 기르며 남는 시간에 틈틈이 글을 써서 언젠간 내 책을 내기까지의 그 예쁜 과정을 일기에 담아보면 어떨까요? 회사 다니며 받은 스트레스에 불어난 살과 악화된 건강을 치유하는 과정은요? 다시 삶에 균형을 찾고, 오랜 꿈을 이루기까지의 그 모든 드라마틱한(남들은 몰라도 내 인생영화에서는 명장면으로 꼽힐 만한) 과정을 하나하나 짚어본다면 그건 또 얼마나 큰 의미인가요.

정말이지 나의 내적, 외적 성장을 확인하는 데 일기만큼 탁월한 것은 없습니다. 우리는 너무 자주 까먹기 때문이에요. 초반에 설정한 방향대로 잘 걷고 있는데도 자꾸만 이 모든 노력이 쓸데없는 짓거리로 여겨질 때가 많잖아요. 시간이 지났는데 별다른 변화도 보이지 않고요. 그럴 땐 과정의 기록을 뒤져보면 심쿵합니다. 너무 작고 느린 걸음이라 안 보일 뿐이지 이전에 비해 얼마나 많이 달라졌는지 다 보이거든요. 특히 저처럼 자신의 노력과 성취를 과소평가하는 사람에게는 수시로 '비포애프터' 비교가 필수입니다.

돌아보면 모든 과정의 기록은 참으로 빛나요. 아무리 슬프고 보잘 것 없는 기록일지라도 그래요. 오늘 묵묵히 해낸 일, 어제와 달라진 점, 내일의 크고 작은 기대를 담담히 기록해나가는 독백의 시간. 마치 전구 하나가 반짝, 삶에 더해지는 것 같은 따뜻한 시간이에요.

일기에 _____

_____ 쓰면

이루어진다 _____

우주에서 가장 강력한 힘은 소리가 없다고 합니다. 그것은 우리 마음이 내는 힘이기 때문이겠죠. 마음에 무엇을 품든 마찬가지예요. 두려움과 근심과 저주를 품으면, 소리 없는 그것은 강력하게 우리를 집어삼키고 말아요. 성공에 대한 자신감, 자기사랑, 이타심을 품으면? 눈에 보이지 않아도 우리는 결국 그것의 힘에 끌려가게 되지요.

꿈을 믿는 것도 같아요. 내면에서 이미 자신만의 목표를 세우고 그것이 이루어짐을 믿는 사람은 타인의 인정과 지지도 갈구하지 않습니다. 스스로 강력한 힘을 가지고 있기 때문이에요.

그런데 마음에 품는 것보다 몇 배는 더 강력한 힘을 발휘한다고 알려진 일이 있습니다. 그건 바로 글을 쓰는 일이에요. 정확히는 내가 원하는 그것을 글로 적어두는 일입니다.

단지 한 번 목표를 쓰는 단순한 행동이 당신의 잠재의식 속에 목표를 입력하고 당신의 초월적 자의식을 활성화한다. 매일 쓰고 또 쓰면 점점 강력해진다. 매일 당신의 목표를 쓰면 한 번 쓸 때보다 10배, 20배, 50배, 때로는 100배의 효과가 발생한다.

– 브라이언 트레이시, 『백만불짜리 습관』, 용오름, 2005.

유명한 자기계발 작가인 브라이언 트레이시Brian Tracy의 『백만불짜리 습관』에서 백만불짜리 습관이란 목표를 매일 쓰고 점검하는 일이었어요.

미래를 위해 목표를 세운 사람은 1,000명 중 200명에 불과하고, 그 목표를 종이에 적는 사람은 그중 3명에 불과하다는 연구 결과도 있잖아요. '꿈을 이룬 3%의 사람들'이라는 주제로 자기계발서 단골 사례로 등장하죠. 어떤 책에서는 일반적으로 300석 비행기에 퍼스트클래스 좌석은 단 9석이며 퍼센트로 따지면 3% 남짓으로 역시 3%의 사람들만이 자신의 꿈을 이룬다고 설명하더라고요. 음, 억지추론은 아닌 것 같다는 생각이 들어요.

일기장에 꿈을 적어보세요

우리가 꿈을 적는 이유는 무엇일까요? 그리고 꿈을 적으면 이루어질 확률이 높다고 말하는 건 또 어떤 근거일까요?

목표를 쓴다는 것은 청사진을 나에게 제시하는 일이에요. "그 냥 이 길로 가자!" 외치는 게 아니라 "이 길을 따라 하루에 3시간 씩 1년을 걷다 보면 이러이러한 목적지에 닿게 될 거야"라고 보여주는 일입니다. 그리고 목표를 '자주' 쓴다는 것은 결심을 지속하기 위한 힘을 모으는 일이라고 할 수 있어요. 단번에 뚝딱 이루어지는 목표는 없으니까요. 정혜윤 피디는 목표와 메모의 상관관계를 이렇게 표현했더라고요.

> 많은 사람들이 이룬 성취, 그 전 단계에는 자신만의 메모가 존재할 것이다. 줄 치고, 삭제하고, 또 쓰고, 수정하고, 또 수 정하고, 하트 표시, 별 표시, 엑스 표시, 동그라미 표시, 온갖 색깔의 펜, 온갖 필체, 각주, 화살표… 메모는 인내심의 표현 이다.
>
> — 정혜윤, 『아무튼, 메모』, 위고, 2020.

저는 이 말을 이렇게 바꾸고 싶어요.

꿈을 이룬 많은 사람의 일상에는 일기가 존재할 것이라고요. 일기장에 목표를 적으며 울고, 웃고, 고백하고, 성찰하고, 투덜거리고, 사랑하고, 자책하고. 일기는 꿈의 예고편입니다.

늦지 않았어, 버킷리스트

살다 보면 누군가가 무심결에 건넨 한마디가 절대 잊히지 않는 경우가 있는데요. 저는 몇 년 전 존경하는 교수님이 해주신 말씀이 자주 떠올라요.

> "자기 길을 찾는 데는 비용이 드는 거야."

내 길을 찾는 데는 비용이 든다. 맞아요. 정말 당연한 말이지요. 그런데 우리는 그것을 너무 '공으로' 얻으려 하는 건 아닐까요? 아무 시도도 해보지 않으면서 '나는 꿈도 열정도 없다'고 쾅쾅, 마침표를 찍어버리는 사람이 너무 많잖아요.

교수님은 돈이든 시간이든 제대로 된 내 길을 찾는 데는 그만큼의 노력이 필요하다고 말씀해주셨어요. 그리고 또 이렇게 덧붙이셨죠.

> "지금 헤매는 시간도, 돈도, 체력도, 있으면 다행인 거지. 헤맨다는 건 그 세 가지가 다 있는 거니까 엄청 살 만한 거야."

와, 정말 뼈 때리는 조언. 그 이야기를 들은 뒤부터 저는 더 적극적으로 꿈을 찾아 헤매고 싶어졌습니다.

저는 지난 수년간 일기장에 버킷리스트를 작성해왔어요. 특히 일기장 맨 앞 페이지에 단기, 중기, 장기 목표를 반드시 적고 일기 쓰기를 시작해요. 3개월 안에 가능한 꿈들은 단기 카테고리에, 6개월에서 1년 정도 예상되는 목표는 중기에, 3년 이상 묵혀야 할 필요성이 있는 꿈들은 장기 카테고리에 적어둬요.

버킷리스트 작성은 해마다 하는데도 해마다 새롭고 해마다 더 설레는 기분이 드는 정말 특별한 작업이에요. 버킷리스트를 쓰는 장점은 너무 많지만 몇 가지만 정리해보자면 이래요.

1. 결과로부터 생각하는 톱다운top-down 방식의 목표 관리 글쓰기입니다.
2. 생각은 고이면 썩으니까 그걸 방지할 수도 있어요. 여기서 '고이면'의 의미는 아무런 행동을 취하지 않고 생각만 키우다 보면 할 수 있을 것 같은 자신감보다 불가능한 현실적 문제들에 갇히게 되며 지나치게 신중해진다는 얘기예요. 일단 '이거 하고 싶은데'를 몽땅 끄집어내어 종이에 적어두는 '꿈을 위한 첫 단계 행동'이 반드시 필요합니다.
3. 스스로 주체가 되어 자기 삶의 대본을 써내려가다 보면 불행이 끼어들 틈이 없기도 해요.
4. 마지막으로는 그냥 적다 보면 엔도르핀이 막 분출되는 게 느껴진다는 것도 이 작업의 큰 장점이에요. 꿈을 종이에 적

는 사람은 달성방법을 궁리하는 '경로사고' 덕분에 인생 전체를 희망적으로 바라본다고 해요.

수년간 일기장에 하고 싶은 일들, 일명 '버킷리스트'를 적어오면서 확실히 깨달은 것이 있어요. 그 기록들은 더 이상 '희망사항'이 아니라 '다가올 현실'이라는 것을요. 이제 저에게 목표를 글로 적는다는 것은 '현실 미리보기' 정도로 해석됩니다. 물론 모든 버킷리스트가 현실이 되지는 않았지만 높은 확률로 차곡차곡 꿈을 이루었습니다. 내 집 마련, 책 쓰기, 기업 강연, 해외여행….

저의 버킷리스트에는 '매일 글을 쓰는 사람으로 살기'라든가 '웃을 때 8개가 보이는 하얀 치아 갖기', '남편이랑 연애하기' 같은 문장들도 있어요. 이런 꿈들은 완료 표시하고 덮어두는 게 아니라 평생 일기장 앞장에 적어두며 올해도, 내년에도, 10년 후에도 함께 갈 꿈들이에요.

우리는 자신의 욕망을 이해해야 합니다. 그건 훈련과 노력이 필요한 일이에요. 내 안의 욕망을 하나씩 짚어보세요. '욕심쟁이 이기주의자'라는 죄책감을 내려놓고 어느 날 딱 날 잡고 '갖고 싶고, 하고 싶고, 가고 싶고, 경험하고 싶은 일들'을 몽땅 적어보세요. 몰랐던 나에 대해 많이 '배우게' 될 거예요. 나를 아는 것이 가장 어렵지만, 일단 알고 나면 그보다 더 흥미진진 재미있는 일도 없다니까요!

실전 워크시트 : 내 일기장 첫 페이지 단골구성

My amazing story, 일단 써보면 이뤄지게 될 거야!

버킷리스트를 일기장 맨 앞에 적어두는 이유는 단순합니다. 자주 들여다보며 상기할 수 있기 때문이에요.

단기 3개월 내에 이룰 목표들

꿈의 목록	기간	달성여부
알리오 올리오 파스타 만드는 것 배우기	일주일 내 (2022년 1월 2주)	완료
구체적으로 어떻게? ○○요리 블로그 참고해 주말 브런치 만들고 가족과 함께 냠냠.		
봄에 아이와 제주도 여행	3개월 내 (2022년 5월)	
구체적으로 어떻게? 꿈 적금 개설하고 3개월 간 100만원 모아서 2박 3일 여행.		

중기 6개월~1년 내에 이룰 목표들

꿈의 목록	기간	달성여부
몸무게 5kg 감량하고 바디프로필 찍기	6개월 내 (2022년 7월)	
구체적으로 어떻게? 절대 굶으며 빼지 않기. 매일 식단노트 작성하면서 식습관 전체 개선 및 관리 유지. 당&탄수화물 끊기 프로젝트.		

장기 3년~5년 내에 이룰 목표들

꿈의 목록	기간	달성여부
내 집 마련을 위한 종잣돈 마련하기	4년	
구체적으로 어떻게? 1년 차:가계부 작성하며 지출 30% 줄이기. 2년 차:부수입으로 가능한 일들 찾아보고 월급 외 100만원 수익 만들기 … …		
주식공부 시작하고 매수 진행	3년	
구체적으로 어떻게? '주식은 모으는 것이다'는 명언을 기억하고 차곡차곡 저축하기. '조급함'과의 싸움 시작. 미국주식 투자 시작하기. 투자 관련 서적 5권 읽기. 주식투자커뮤니티 가입하고 ○○유튜브 채널 매일 시청하며 공부. …		

쓰면서 극복하는 _____

_____ 두려움 타파

프로젝트 _____

내가 두려워했던 다섯 가지

2012년 7월 20일

—

지금 두렵다고 느껴지는 일

첫 번째, 결혼하고 아이를 낳아 키우는 일

두 번째, 엄마 아빠의 노후문제

세 번째, 책 쓰고 사람들의 평가를 기다리는 것

네 번째, 사람들 앞에서 말하기

다섯 번째, 나만의 사업을 시작하는 것

지금으로부터 약 10년 전인 2012년 여름의 저는 이런 두려움을 느끼고 있었더라고요. 첫 번째, 결혼하고 아이를 낳아 키우는 일은 당시 오래 사귀던 남자친구와 결혼 이야기가 오가고 있었는데 사실 설렘보다 두려움이 컸던가 봅니다. 스스로 봐도 나는 아직 애인데 그런 내가 결혼을 하고 한 아이의 엄마가 된다는 사실이 무서웠거든요. 결혼과 출산은 '예행연습'도 할 수 없는 일이니 두려움이 배가되었어요.

두 번째, 엄마 아빠의 노후문제는 성인이 된 이후에 줄곧 고민거리였으니 그때도 예외는 아니었고요. 그저 열심히 일하고 아껴서 모으는 것 말고는 아무것도 모르는 부모님이 긴긴 노후에는 어떻게 지내야 하나 걱정이 많았습니다.

그 밖에도 책을 쓰고 일면식도 없는 사람들의 평가를, 무려 온라인상에서 댓글로 확인하는 일도 두려웠고, 사람들 앞에서 강연을 하는 일이나 나만의 사업을 시작하는 것도 많이 겁나는 일이었어요. 그러나 이 모든 두려움들은 기록이 없었다면 기억하기 힘들었을 테지요.

그렇습니다. 저는 주기적으로 '두려움의 리스트'를 업데이트하고 있어요. 가장 최근에 작성한 '두려움의 리스트'는 대략 3개월 전인데요. 함께 글을 쓰는 모임에서 멤버들에게 과제를 내주며 저 또한 작성하게 되었어요.

어찌 보면 당연하겠지만, 9년 전의 두려움과 현재의 두려움은 사뭇 다릅니다. 그사이 결혼해 아이를 낳고, 모유 수유를 무려 30개월을 하고야만 (친정엄마 표현으로는) '억척이' 아줌마가 되었거든요. 이제는 사람들 앞에서 말을 하다가 실수를 해도 뻔뻔하고 능글맞게 넘어가는 일도 비일비재하고요. 작지만 몇 차례의 사업을 하면서 내 깜냥을 두 눈 똑똑히 뜨고 확인했으니 두려울 것도 없다는 생각이에요. 대신 현재의 두려움은 아래처럼 바뀌었어요.

저는 몇 년간 주기적으로 '두려움의 리스트'를 일기장에 적으며 재미있는 점을 발견했어요. 나의 두려움 리스트 중 상당 부분이 '내 욕망의 리스트'와 흡사하다는 사실이었지요. 그러니까 '내가 두려운 일들'은 사실 '내가 너무 원하기에 망쳐버릴까 봐

2022년 내가 느끼는 두려움들

—

1. 아이가 외동으로 자라며 외로움을 느끼면 어쩌나 하는 걱정
2. 나와 남편의 건강 문제들
3. 내면의 상처를 아이에게 전가하면 안 된다는 생각
4. 40대에는 제대로 된 노후준비를 시작하고 경제적인 자유를 누려야 한다는 생각

두려운 일들'이었다는 거예요. 그 말은 곧 '두렵지만 너무 하고 싶어', '너무 하고 싶기에 잘 안 될까 두려워'였던 거죠.

벽을 넘는 순간 만나는 것

언젠가 유명한 미국의 작가 랜디 포시Randy Pausch의 『The Last Lecture 마지막 강의』라는 책에서 다음과 같은 문장을 만난 적이 있어요.

> 장벽에는 다 이유가 있다. 장벽은 우리가 무엇을 얼마나 절실하게 원하는지 깨달을 수 있도록 기회를 제공하는 것이다.
>
> — 랜디 포시, 제프리 재슬로,
> 『The Last Lecture 마지막 강의』, 살림출판사, 2011.

벽이 그 너머의 것을 내가 얼마나 맹렬히 원하는지 보여주기 위함이라니요. 사람을 가로막는 벽은 두 가지의 기능을 합니다. 랜디 포시가 말한 것처럼 내가 벽 너머의 것을 얼마나 원하는지 깨달음의 기회를 주고요. 반대로 벽 너머의 것을 원하지 않는 사람을 막아서기도 합니다. 지금 두려워하며 넘어서지 못하는 벽은 무엇인가요? 벽을 앞에 두고 두렵지만 넘고자 하는 열망이 타오르나요, 아니면 포기하고 돌아섰나요? 두려움을 딛고 벽을 넘어서는 순간 우리에게는 전혀 다른 풍경이 펼쳐질 것입니다.

꼬불꼬불 꾸부러진 길을 걷다가 만난 커다란 벽.
과연 저걸 넘을 수 있을까?
다리가 걸려 넘어지고 말겠지?
벽을 넘는 뒷모습이 우스꽝스러워 사람들이 다 웃겠지?
100번 시도해도 넘을까 말까 아닐까?

두려움은 마치 자동차의 액셀러레이터 같아요. 밟을수록 엔진의 회전수와 출력으로 인해 가속이 높아지는 특징을 가졌죠. 한번 두렵다고 느낀 일들은 덩치가 계속 커집니다. 직접 부딪쳐 그 실체를 확인해보기 전까지는요.

그런 의미에서 '두려움의 리스트'는 '액션리스트'라고도 할 수 있겠네요. 내가 직접 경험해봐야 하는 일들 리스트이자 결국 온몸으로 부딪쳐 극복해야만 하는 일들이니까요.

오만가지 잡생각과 체념의 순간들이 찾아오지만 결국 '나는 못 해'라고 선포한 일을 향해 걸어가는 자신을 내려다보는 것. 한 사람의 생애에 이만큼 감동적인 순간이 또 있을까요? '그냥 되는 대로 안전지대에서만 살아'라고 말하는 대신 '얼마든지 넘어져봐. 내가 널 부축해줄게'라고 말하는 것만큼 멋진 순간이 어디 있겠어요?

일기장에 두려움의 리스트를 수시로 업데이트하면서 많은 두려움의 민낯을 바라보고 뛰어넘어보고자 노력했어요. 사람들 앞에 서는 일의 두려움을 극복하고자 강연 무대에 100번 이상 서며 삶을 트레이닝장으로 만들었습니다. 강연장에 설 때마다 느껴온 모든 감정, 스스로에 대한 평가, 강연에 대한 객관적 리뷰를 일기에 적었고요. 거의 모든 강연을 장소와 강연 주제, 몇 번째 강연인지까지 전부 기록해두기도 했어요. 그리고 100번째 강연을 마치고 나만 알고 있던 하나의 산을 넘으며 마치 금메달리스트 대하듯 나 자신을 칭찬해줬습니다.

너 진짜 해냈구나!
오구오구 장하다, 나 자신.

나중에 이 순간의 저를 다시 읽으면 많이 뭉클할 것 같아요. 불편하고 외롭고 괴로운 100번의 순간을 지났다는 사실이 너무 기특했으니까요.

우여곡절 20대와 눈물 콧물 쏙 뺀 30대를 지나며 깨달은 게 있습니다. 인생에서 중요한 건 앞서 걷는 게 아니라는 사실이에요. 한 발 한 발에 힘을 실어 걷고 있다면, 속도는 조금도 중요하지 않아요. 내가 원하는 길을 향해 나만의 방식대로 걷고 있느냐만 생각하세요. 옆에서 빨리 걷고 뛰는 그들은 그러라고 하세요. 그건 그들의 방식일 테니까요. 나는 걸으며 꽃도 만져보고, 구름도 바라보고, 옆 사람과 이야기도 나누다 같이 밥도 먹고 걸어야 하는 사람이니까요. 다만 중요한 건 '장애물을 만나도 멈추지 않고 걷고 있는가'입니다.

그럼에도 _____
_____ 목표를 이루지 못하는
이유 _____

이 나이 되어보니 사람들이 꿈을 이루지 못하는 이유는 열심히 살지 않아서가 아니라는 사실을 알게 되었습니다. 각자의 위치에서 다들 최선을 다하며 살아가고 있으니까요. 제 주변에도 700일째 새벽 4시 기상을 실천하는 사람, 코로나19 이후 경제도서를 50권 이상 읽은 사람, 회사 다니면서도 한 달에 5개 자기계발 모임을 하는 사람마저 있어요. 평일 새벽과 늦은 저녁에 독서모임을 하고 월, 수 저녁에는 부동산 스터디를, 주말 아침에는 러닝동호회까지. 우와, 이야기만 들어도 존경심이 몰려왔어요.

열심히 땀 흘리는 사람은 생각보다 굉장히 많습니다. 그런데 왜 꿈을 이룬 사람은 극소수일까? 궁금하지 않으세요? 저는 그점이 너무 궁금했어요. 알고 보니 저는 10대 때부터 그 질문을 가지고 살았더라고요.

같은 조건인데 왜 어떤 사람은 행복하고, 어떤 사람은 불행하지? 비슷하게 노력하는데 왜 어떤 사람은 성공하고, 어떤 사람은 실패하지?

결국 꿈을 이루는 사람은 과연 어떤 사람들이지?

이 궁금증을 해결하고자 평소에도 눈을 크게 뜨고 사람들을 관찰하고는 했습니다. 건너건너 누군가 목표를 이루었다고 전해들으면 기필코 그 사람에게 가서 물어봤어요. 어떻게 그 일을 해냈는지에 대해서요. 어떤 마음으로 시작했고 어떤 태도를 유지했는지 말이에요.

세간에는 '목표 관리'와 관련한 셀 수 없이 많은 방법과 도구들이 즐비합니다. 이걸 하면 진짜 성공한다, 이걸 사면 생산성 최강자가 된다, 이걸 해야만 이 바닥에서 인정받을 수 있다 등등. 막상 뚜껑 열어보면 새로울 것도 없는 방법들이 포장지만 바꿔서 등장하는 이유는 그만큼 목표를 이뤄낸 사람이 적다는 방증이겠지요. '대한민국에서 영어사업은 절대 망하지 않는다'는 속설처럼, 사람들은 '이번에는 다르겠지'라는 기대감을 가지고 지난해에도, 올해에도 실패한 그 일을 내년에도 다시 도전합니다. '방법이 잘못된 거야. 나에게 맞는 방법을 찾으면 성공할 거야' 하는 순진한 생각으로요.

스스로 납득할 수 있는 강력한 이유

그런데 사람들이 목표를 이루지 못하는 이유는 전혀 다른 곳에 있어요. 새벽 5시에 못 일어나고 구글 스프레드시트를 사용하지 않아서 꿈을 이루지 못하는 게 아니란 이야기예요. 액운이 끼고 귀인을 못 만나서 목표를 못 이룬다기보다는 사실은 두 가지가 없기 때문에 노력해도 제자리인 경우가 대부분입니다.

그 첫 번째는 '왜why'가 빠진 거예요. 무엇으로 '어떻게how' 할 것인지에만 신경 쓰느라 정작 그 일을 왜 하고 싶은지, 왜 하필 그 일인지에 대한 고민을 1시간도 해본 적이 없기 때문이에요.

자기만의 동기가 사라지면 남의 판단에만 근거해 인생의 중요한 결정을 내리는 일이 발생해요. 부모님 의견만 들으며 직업을 선택하거나 친한 친구들 말만 듣고 퇴사나 창업을 하기도 하죠.

이런 일이 몇 번만 발생해도 크게 길을 잃어요. 중대한 순간에 '여긴 어디? 나는 누구?'라는 멘붕 상태에 빠지게 되는 거예요. 방향성을 상실한 채 최대한 많은 사람이 걷는 길로 최대한 열심히 걸어갑니다. 그렇게 한참 걷다 보면 왜 그 길인지, 다른 길은 없는지 고민한다는 자체가 비현실적인 몽상처럼 여겨져 관둬버리죠.

'그냥 살던 대로 열심히 살자'

그렇게 새벽부터 밤늦도록 죽어라 열심히 사는데 가슴은 맨날 공허하단 말이죠. 명확한 이유를 가지고 열심히 사는 게 아니라 그냥 그거라도 해야 할 것 같아서 열심히 사는 것은 천지 차이기 때문이에요.

내 삶에 자꾸 'Why?'를 끌어들여야 합니다. 자신을 납득시킬 강렬한 'why'가 형성되어야 그 일을 오래, 잘해낼 수 있어요.

새벽 5시 기상(#미라클모닝)만 해도 그래요. 눈이 오나 비가 오나 깜깜할 때 일어난다는 거, 그거 얼마나 힘든 일이에요. 저도 그 일을 열흘쯤 하다 보면 이런 생각이 들어요. '조선시대 노비도 이렇게는 안 살겠다.'

그 힘든 걸 하루도 빠짐없이 하면서 그걸 왜 하는지 모르고 그냥 인스타그램에 태그 달고 자랑하려는 의도로 하잖아요? '나 이렇게 열심히 사는 워킹맘'이라는 자기만족으로 하면 10년간 새벽 5시에 일어나도 인생 안 바뀌어요. 새벽에 일어나 유튜브로 남들 브이로그 보고 커피 한 잔 마시고 멍 때리다가 동 튼다는 거죠.

하지만 자신이 왜 새벽기상이라는 그 힘든 일을 하고 있는지 명확히 아는 사람의 시간은 다릅니다. 그들은 '새벽경영자'라는 단어가 찰떡일 만큼 탄탄한 혼자만의 새벽 시간을 경영하거든요. 각각의 행동은 자신만의 뚜렷한 동기를 품고 목표와 연결되어 있고요.

40살 직장인 A씨의 새벽 5시 루틴

—

- 요가 스트레칭 15분
  → 건강하게 몸을 깨우며 신체 이곳저곳을 관찰하는 시간
- 〈뉴욕 타임스〉와 〈월스트리트 저널〉 영문판으로 읽기 30분
  → 내년 진급시험을 위한 영어 공부+시사·경제 지식 쌓기
- 블로그와 브런치에 에세이 쓰기 40분
  → 글 쓸 때 가장 편안하고 행복하기 때문. 2년 뒤 첫 에세이
    를 출간할 계획

이렇게 일기에 나만의 'why'를 한바탕 풀어보세요.

'why?'가 명확해지면 행동은 저절로 뒤따라옵니다. 그 욕망에 걸맞은 자신만의 행동계획이 세워지는 거예요. 그러니 어떤 도구로 어떤 방법을 써볼까 고민하기 전에 '왜?'부터 자세히 들여다보세요. 그것이 가장 중요한 출발점입니다.

왜 이 직장생활을 계속하고 싶은 것인지?

왜 주말마다 화실에서 그림을 그리고 있는 것인지?

왜 퇴사를 하고자 하는지?

왜 열심히 사는데도 무기력하고 우울한지?

매일 하는 일은 올바른 방향으로 가고 있는가

두 번째는 상위목표와 하위목표들이 연결이 안 된다는 점입니다. 이게 무슨 말이냐 하면, 내 목표는 마흔넷에 파이어족으로 은퇴하기라고 해볼게요. 상위목표를 한 방에 달성하는 경우는 거의 없고 그 밑에 무수한 하위목표들이 존재합니다. 10년 뒤 은퇴를 위해서는 직장 월급만으로는 부족하니 새로운 도전과 공부를 통해 몇 가지 머니 파이프라인을 구축해야 할 거예요. 하위목표로는 '미국주식 공부하고 배당금 받기', '부동산투자', '콘텐츠사업 시작하기', '공매 도전' 등 여러 가지가 있을 수 있습니다.

그런데 정작 현실은 상위목표인 '마흔넷에 은퇴하기'와 전혀 연결성 없는 일들을 하고 있어요. 아침 시간 내내 영어와 중국어 공부를 한다거나 퇴근 후에는 코딩 수업을 듣는 등 목표와 관계없는 '열심'들만 일상에 가득한 거예요. 그렇게 분산된 활동으로는 궁극적인 하나의 방향으로 나아갈 수가 없습니다. 그 일들을 아무리 열심히, 오래 해도 마찬가지겠지요.

펜실베이니아 대학교 심리학과 교수이자 세계적인 베스트셀러 작가인 앤절라 더크워스Angela Duckworth는 그의 책 『그릿Grit』에서 많이 사람들이 처한 이러한 문제에 대해 명확히 지적합니다. 목표를 달성하지 못하는 많은 사람들의 하위목표가 상위목표를 잘 받쳐주지 못하고 따로 놀고 있다고요.

> 투지가 강한 사람의 중간목표와 하위목표는 대부분 어떤 식
> 으로든 최상위목표와 관련이 있다. 반면에 투지의 부족은 일
> 관성이 부족한 목표 구조에서 비롯됐을 수 있다.
>
> – 앤절라 더크워스, 『그릿 Grit』, 비즈니스북스, 2019.

많은 젊은이가 '긍정적 환상'만을 가지고 삶의 목표를 떠올리지만 정작 중도에 마주칠 장애물, 그것을 달성하기까지의 다른 목표들을 고려하지 않기에 꿈을 이루지 못한다고 덧붙입니다. 하나의 목표를 달성하기 위해서는 이를 지지해줄 많은 하위목표가 필요하고 이 모든 것들은 정확히 최상위목표와 관계를 맺어야 해요.

반대로 중간 수준 목표가 여러 개 있고 이를 통합해줄 더 높은 수준의 상위목표가 없는 경우도 인생이 붕 뜰 수 있어요.

그런데 여기서 또 문제가 발생합니다. 요지부동의 상위목표와 이를 단단히 떠받쳐줄 하위목표들을 확실히 파악하고 깨어 있는 매 순간 그것을 지향할 수 있는 사람이 과연 얼마나 될까요? 앤절라 더크워스 역시 이것을 '극단적인 이상'이라고 표현하며 이에 맞는 솔루션을 이렇게 제공해요.

> 자신의 상위목표가 무엇인지 알 만큼 인생을 어느 정도 살고
> 고민도 거친 후에, 상위목표는 잉크로 쓰더라도 하위목표는

연필로 써야 한다. 그래서 때에 따라 수정하거나 혹은 전부 지우고 새로운 하위목표를 대신 쓸 수 있어야 한다.

– 앤절라 더크워스, 『그릿 Grit』, 비즈니스북스, 2019.

융통성을 가지고 필요할 때는 과감히 경로를 변경하라는 말이지요. 단, 원래 설정한 상위목표는 완전히 실패하지 않는 이상 다양한 방법으로 시도하고, 맞서고, 극복해야 하고요.

일기장 맨 앞에 나의 상위목표와 하위목표들을 작성해보세요. 흔들리지 않는 마음속 나침판, 나의 우선순위를 확인하며 이 노트 한 권을 가득 채워보자 다짐하는 거예요.

시간과 에너지는 한정되어 있습니다. 우리는 모든 일을, 같은 양의 노력을 투입해 해낼 수 없어요. 열심히 이것저것 하다 보면 어느 날 얻어걸려 그 일에서 성과를 거두게 되는 것도 환상입니다. 중요한 것은 자신이 선택한 목표에 노력과 열정을 집중시키는 것. 단순한 변심으로 그간의 노력을 물거품 만들지 않는 것. 장애물을 만나도 조용히, 끈질기고 집요하게 목표를 바라보며 걸어가는 담대함일 거예요.

아직도 ＿＿＿＿＿＿＿＿＿
＿＿＿＿＿＿＿＿ 육아일기를
씁니다 ＿＿＿＿＿＿ — 일기 쓰기 노하우③

새로운 일기메이트가 생기다

저는 2015년생 딸을 키우는 엄마이기도 한데요. 얼마 전, 그러니까 아이가 일곱 살이 되고 한글을 배운 뒤부터 제 '일기인생'에도 엄청난 변화가 찾아왔어요. 매일 밤 아이와 나란히 누워 일기를 쓰는 놀라운 풍경이 펼쳐진 것이죠. 평생 혼자 일기를 쓰다가 누군가, 그것도 내가 세상에서 가장 사랑하는 누군가와 함께 일기를 쓰는 기분은 뭐라고 설명할 수 없이 묘했어요. 한참 내 일기를 적다가 옆을 돌아보면 고사리손으로 연필을 잡고 다 틀린 맞춤법으로 진지하게 글을 쓰는 딸이 있다고 생각해보세요. 그 순간 내 삶이 너무 예쁜 동화 같기도 하고, 비현실적으로 행복하다는 느낌에 사로잡혀 바보처럼 웃으며 일기를 쓰곤 합니다.

　돌아보니 일기메이트가 생긴 게 꼭 25년 만이더라고요. 중학교 2학년이던 열다섯 살에 제가 너무나 좋아하던 친구가 있었거 든요. 그 친구와 당시 유행하던 교환일기를 몇 개월 정도 엄청 열심히 썼던 기억이 나요. 나는 너의 어떤 점이 좋고, 어떤 것들이 서운하고, 좋아하는 남자친구는 누구고…. 그런 유치찬란한 내용들이 주를 이뤘죠. 그리고 25년쯤 세월이 흘러 아이 엄마가 되고 생각지도 못한 일기 친구가 생긴 거예요.

우리는 매일 잠들기 직전 침대에 배를 깔고 10분쯤 일기를 씁니다. 1분에 한 번꼴로 엄마는 대체 뭘 적는지 염탐하러 오지만 않는다면 딸은 정말 완벽한 일기 메이트예요. 제 딸아이는 아마 세상 모든 엄마를 일기 쓰는 사람으로 여길 거예요. 태어날 때부터 지금까지 틈만 나면 뭔가를 적는 엄마만 보며 살아서인지 "같이 일기 쓸까?" 제안한 적이 없는데도 불구하고 일기는 당연히 쓰는 것인 줄 압니다.

일기를 쓰는 딸아이를 보면 '아, 이 나이까지 일기 쓰길 참 잘했다'는 마음이 불쑥 올라와요. 아이에게 꼭 물려주고 싶은 습관 중 하나가 바로 일기 쓰는 습관이었거든요(너무 자식 자랑 팔불출처럼 얘기가 길어지는 것 같은데 조금만 더 참고 들어주세요). 그런데 그 습관을 이렇게 일찍 시작할 줄은 몰랐어요. 초등학교 3학년쯤 되면 재미있게 일기를 써보자고 꼬셔야겠다는 생각만 하고 있었거든요. 한글을 떼자마자 기다렸다는 듯 엄마 옆에서 나란히 일기를 쓰다니. '내가 이걸 위해 지금까지 일기를 썼구나'라는 생각마저 들었다니까요.

하루는 아이에게 왜 일기를 쓰냐고 물어봤어요.

"엄마도 맨날 일기 쓰니까."

"음, 그럼 엄마가 안 쓰면 너도 안 쓸 거야?"

"아니, 나는 재미있어서 계속 쓸 거야."

"뭐가 재미있는데?"

"엄마가 아무거나 써도 된다고 그랬잖아. 아무거나 쓰니까 재미있지."

와, 저는 그 대답에 정말로 감동을 받았어요. 일곱 살부터 펜을 들고 '의식의 흐름대로' 일기 쓰는 습관을 들인다면 나머지는 아무 걱정 없겠다는 안도감마저 찾아왔어요. 앞으로 이 아이의 기나긴 삶에 얼마나 많은 내적, 외적 장애물들이 놓이겠어요. 그러나 흔들리는 순간마다 글을 쓰며 스스로 답을 찾아갈 수만 있다면, 자기다운 방법을 궁리해낼 수만 있다면 그것으로 충분하다는 생각이 들어요.

나의 육아일기는 진행 중

이제는 엄마랑 같이 일기를 쓸 정도로 훌쩍 커버린 딸이지만 저는 아직도 육아일기를 쓰고 있어요. 얼마 전 아이 엄마들이 대다수인 온라인 라이브강의에서 이 이야기를 했는데 다들 '허걱' 하는 반응이었죠. 그때의 반응은 "20년째 일기를 씁니다"라는 고백을 했을 때의 반응과 거의 흡사했어요. 별나고 신기한 생명체를 보는 듯한? 그런데 잠시 후 제가 쓰고 있는 육아일기를 직접 보여주며 설명을 하니 반전 반응이 일어났어요. 당장 따라 하겠다는 코멘트가 채팅창에 줄줄이 달렸거든요.

임신과 출산, 아이 젖먹이 시절까지 육아일기는 놀라움 투성이었죠. 첫 뒤집기, 첫 이가 났을 때, 처음 이유식을 먹고 첫걸음마를 하던 날의 아이를 지켜보던 기쁘고 신기한 감정들이 일기에 빼곡했으니까요. 그리고 서너 살 무렵에는 더이상 육아일기를 쓰지 않았어요. 종일 뛰어다니는 아이를 쫓아다니기에도 바빴고, 사실 별로 쓸 내용이 없다는 생각이 들었거든요. 그러다 아이가 여섯 살 무렵부터 다시 아이의 '첫날들'을 기록하기 시작했습니다. 제법 같이 할 수 있는 게 많아진 여섯 살 무렵부터 아이의 '처음'을 다시 기록해야겠다는 생각이 들었어요. 저는 시중에 파는 '3년 일기장'을 구입해서 하루 3~5줄 정도 기록을 해나가기 시작했어요.

3년 일기장은 육아일기를 정리하기에 매우 적합한 구성이에요. 한 페이지에 3년간의 하루가 함께 담겨 있거든요. 자연스럽게 재작년 아이에게는 어떤 일이 있었고, 올해는 얼마나 성장했는지 한 번에 알아볼 수 있는 거죠.

3년 일기장 예시

2020년 3월 2일
—

동네 놀이터에서 우연히 만난 친구에게 먼저 다가가 "우리 같이 놀래?" 이야기하는 너. 그리고 엄마는 안중에도 없고 2시간 동안 마치 헤어졌던 절친과 재회한 듯 신나게 뛰어놀았지. 여전히 엄마 껌딱지라 괜히 걱정하고 있었는데, 너는 참 신기하게도 늘 걱정이 무색하게 만들어.

너를 키우는 데 있어서 가장 염려해야 할 부분은 아무리 생각해도 엄마의 조바심인 것 같다. 너만의 속도, 너만의 고유함을 늘 기억하며 배려 깊게 사랑하도록 노력할게.

2021년 3월 2일
—

너의 가장 큰 특징이자 놀라운 점은, 새로운 어휘를 배우면 계속 반복하면서 그것을 꼭 그날 사용해본다는 거야. 예를 들어 오늘 너는 '부담스럽다'는 말을 처음 접하고 엄마에게 정확한 의미를 물어봤는데 (설명하기가 생각보다 너무 어렵더라) 혼자서 입으로 받아쓰기하듯 계속 반복하며 중얼중얼하다가 저녁 무렵 문득 "밥 먹는데 엄마가 계속 쳐다보니까 참 부담스럽다!" 이러는 거야. 얼마나 웃었는지. 네가 언어를 습득하는 과정은 엄마에게도 엄청난 영감이고 좋은 공부야.

2022년 3월 2일

오늘은 너의 초등학교 입학식.

만감이 교차한다는 느낌이 이런 걸까? 엄마는 괜히 잠도 설쳤어. 우리 딸이 초등학생이라니, 가방 메고 신발주머니 들고 학교에 등교를 한다니. 너무 설레면서도 긴장되고, 고맙고 안쓰럽기도 하고. 무엇보다도 이렇게 건강하게 자라서 씩씩하게 학교에 다닌다는 게 정말 행복했어.

너도나도 눈 깜짝할 사이에 '인생의 새로운 구간'에 들어섰구나. 이제부터 또 다른 시작이네. 이 구간만큼은 천천히 속도를 줄이며 건너고 싶다. 우리 딸과 더 많은 것들을 함께 보고 느끼고 경험하며 느리게 걷고 싶어.

사랑한다, 우주보다 소중한 딸.

아이가 여섯 살 무렵부터 다시 쓰기 시작한 육아일기는 다시 기쁨과 놀라움의 연속이었어요. 그때까지도 아이에게는 거의 모든 경험이 난생처음 하는 일들이었거든요. 아래는 아이가 태어나서 처음으로 영부인이라는 단어를 배운 날이었고요. 또 그 아래는 아이가 태어나서 처음으로 카톡을 사용해본 날이었어요.

2021년 8월 18일

—

아이에게 '영부인'이라는 단어를 가르쳐줬다.
매일 새로운 어휘를 익히도록 적극적으로 도와주는 중이다.

2021년 8월 20일

—

7살 딸.
태어나서 처음으로 아빠에게 카톡 보낸 날.
아빠는 계속 "이거 정말 우리 딸 맞아?" 신기해했지.
나도 신기해, 여보. 우리 딸이 이렇게 많이 큰 거야? 세상에 카톡이라니!

2021년 9월 3일

—

처음으로 유치 빠진 날!
집 앞 어린이치과에서 치아를 뽑다.
너무 씩씩하게 잘 뽑아준 딸.
앞니 하나 없는 모습이 더 귀여워.

이렇게 첫 이를 뺀 날, 처음으로 자기 방에서 혼자 잔 날, 처음으로 빨강 매니큐어를 바른 날, 처음으로 '감정'이라는 주제로 엄마와 토론을 한 날, 처음으로 골프채 잡는 법을 배우고 처음으로 발레를 배운 날까지 아이의 경이로운 모든 첫날을 기록해가는 거예요.

이 나이에도 처음 해보는 일들

여덟 살인 지금도 아이의 하루에는 난생처음 해보는 일들이 많아요. 최근 제 육아일기에는 거북이를 입양하고 좋아서 어쩔 줄 모르던 아이 모습과 인생 첫 미술학원에 다녀와 그날 만든 작품에 대해 재잘재잘 떠들던 이야기가 적혀 있답니다.

육아일기를 새로 적으면서 자연스럽게 이런 생각을 했어요.

"나에게도 아직 안 해본 일들이 많이 남아 있을까?"

오늘이 그저 어제의 반복인 어른의 칙칙한 일상에도 '처음의 설렘'이 자리할 수 있을까요? 적어보니 제게도 아직 꽤 많은 처음들이 있더라고요. 아니, 없더라도 의도적으로 만들어가며 메마른 일상을 새롭게 살아갈 수 있겠더라고요.

✓ 매일 가던 카페 말고 새로운 카페에서 '흑임자 라떼' 주문하기

✓ 네일샵에서 스마일 그림 그려진 네일 받기

✓ 남편이랑 커플운동화 맞추기

✓ 미국주식 시작하기

✓ 걷기 대회 출전하기

'살면서 한 번도 안 해본 일들' 리스트는 생각보다 너무 많았어요. 어른이 된 뒤 한 번도 안 해본 일에 하나씩 도전해보는 것이야말로 어린 시절의 순수함과 호기심을 회복할 열쇠라는 생각이 들어요. 나도 모르게 편하고 익숙한 것만 찾아다니다가 일부러 '생애 첫 경험들'을 자꾸 쌓아갑니다. 저는 이제 알아요. 이 다채롭고 풍요로운 세상은 예순에도, 일흔에도 내게 '첫 경험과 설렘'을 안겨줄 것이라는 사실을요.

육아일기를 쓰며 아이의 처음들을 정리하는 일. 한 달에 한두

번 일기장에 나의 '새로움 프로젝트'를 적어보는 일. 이 작은 행위만으로도 일상이 아주 재미있어집니다. 무엇보다 색다른 경험들을 통해 삶의 다른 영역을 탐색할 수 있고, 나라는 사람을 재발견하는 계기가 되기도 해요. 해보기 전에는 모르지요. 그 일이 나에게 무엇을 가져다줄지요.

지금은 맞고 _____
_____ 그때는
틀리다 _____ —— 일기 쓰기 노하우④

삶의 미스터리함

결혼을 일찍 하고 딸 셋을 줄줄이 낳은 친구가 있어요. 대학을 졸업하자마자 결혼-임신-출산-육아, 여기서 뒤에 임신-출산-육아 3개를 3번 반복하며 20~30대를 전부 보낸 셈이지요. '그래서 이 친구는 심각한 산후우울증과 육아우울증에 시달렸습니다'를 예상하셨을 수도 있지만, 정확히는 그 반대예요. 명문 대학을 나왔는데도 전공을 살려 취업을 못 한 것에 대한 아쉬움도 별로 없고, 직장생활을 못 해보거나 하다못해 많이 놀아보지 못한 것에 대한 미련도 없어 보였어요. 그냥 주어진 현실을 아주 잘 받아들이고 그 안에서 만족하며 좋은 점을 찾을 줄 아는 친구였어요. 그렇다고 남편이 육아를 잘 도와주거나 도우미 이모님을 부를 수 있는 형편도 아니었지요. 한마디로 청춘을 독박육아하며 다 보낸 셈인데 그럼에도 모든 게 편안하고 안정되어 보였어요.

그러다 몇 년 전 아이들이 많이 자랐을 때 정말 우연한 기회에 카페를 창업하게 됩니다. 현재 우리나라에 카페만큼 포화상태인 업종도 없으니 본인도 큰돈을 기대하기보다 아이들 학원비만 벌어도 충분하다는 생각이었지요. 그래서 테이블 몇 개 놓인 작은 평수의 가게를 오픈했는데요. 놀랍게도 카페는 '대박'이 터져서 매달 아이들 학원비 몇 배의 돈을 벌게 돼요. 이후 가게를 2개 더 오픈했고 사놓았던 부동산 역시 크게 올라 단 몇 년 만에 아주 큰 돈을 벌게 되었어요. 저는 이 친구의 케이스를 보며 두 가지 삶의 교훈을 얻었습니다.

> 첫째, 불평불만 없이 자신에게 주어진 것에 만족하고 감사할 줄 아는 사람은 결국 어떻게든 잘 풀린다는 것
> 둘째, 삶은 끝날 때까지 결코 끝난 게 아니라는 사실

내 인생 다음 코스에 무엇이 기다리고 있을지 아무도 몰라요. 10년 넘게 아이만 키우며 살던 주부가 10년 넘게 직장생활하며 커리어를 쌓아온 사람보다 더 많은 돈을, 더 단기간에, 아무도 예상하지 못한 방법으로 벌 수도 있는 것이 인생이에요.

우리는 너무 쉽게 '과거의 나'를 기준으로 '미래의 나'까지 판단하지만, 아니요. 삶이 그렇게 단순하지 않더라고요. 나를 틀에

가두고, 늘 똑같은 가면을 씌우는 것은 나 자신이에요. 그러니 조금만 더 마음을 열고 아직 아무도 알 수 없는 내일의 날들을 향해 기대감을 가져보는 거예요. 무엇이 올지 알 수 없는 인생, 아직 너무 늦지 않았을 우리들. 그 생각만으로도 꽤 위안이 되지 않나요?

자세히 들여다보면 사실 '반전 인생' 아닌 것이 없습니다. 제 가까운 친구나 지인에게 전해 들은 이야기만 해도 〈인간극장〉 시즌3는 거뜬하거든요.

남자친구 잊으려고 떠난 필리핀에서 우연히 영어연수사업에 대해 알게 되고 알음알음 소개하며 돈을 벌다가 서울과 필리핀 현지에 유학원까지 차려 떼돈을 번 지인도 있고(물론 코로나19 이전 이야기), 서른이 넘도록 온갖 회사에 취업했다가도 1년을 못 버티고 때려치우기를 반복하다가 '다 포기하고 알바나 하며 살련다' 하며 들어간 차 공방에서 뒤늦게 재능과 열정을 발견해 차 무역업을 하게 된 지인도 있습니다.

그래요, 어떤 선물이 기다리고 있을지 모르는 삶의 다음 페이지. 귀인이 '귀인' 글자를 이마에 붙이고 등장하는 게 아니듯이 엄청난 삶의 선물도 포장지가 다 찢어지거나 잘못된 택배처럼 배달 오는 경우가 허다하더라고요. 그러니 한 번쯤 끝까지 살아도 좋을, 참 재미있는 인생이에요.

지금 이 경험이 나를 어디로 데려다줄지

저 역시 일기를 쓰며 지난 기록을 뒤져보면 참 미스터리하면서도 재미있는 것들을 많이 발견해요.

제가 오랜 시간 공들였지만 1쇄도 간신히 판매하고 사실상 거의 '폭망'한 책이 있거든요. 실패에 꽤나 무딘 사람이라고 생각했는데 당시 그 책의 실패에는 타격이 좀 컸습니다. 좌절감과 우울함이 한참 갔거든요. 저는 다시는 책 따위 안 쓰겠다고 '나 혼자' 선포를 했고 그 에세이를 미워하며 쳐다도 보지 않았어요.

그러다 몇 개월이 흐른 어느 날 전화를 받게 돼요. MBC라디오 작가님에게서 걸려온 전화였는데요. 요약하자면 라디오PD님이 제 책을 너무 인상 깊게 읽어서 저를 매주 수요일 책을 소개하고 낭독하는 고정게스트로 섭외를 하고 싶다는 것이었어요.

공중파 라디오 고정게스트? 매주 스튜디오 구경도 할 수 있고, 용돈도 벌 수 있고 게다가 연예인도 볼 수 있는 자리? 거절할 이유가 없었지요. 그렇게 저는 '은밀한 버킷리스트' 중 하나였던 라디오 고정게스트가 되는 기회를 얻었고, 결혼 전까지 6개월이 넘는 시간 동안 아주 신나게 라디오를 진행하는 특별한 경험을 했습니다.

생각해보세요. 책이 아직 1쇄도 다 안 나가고 재고가 쌓여 있다는 출판사의 연락을 받았을 때 저는 이런 일들을 상상이나 할 수 있었을까요? 일기장에 그 책에 대해 저주를 퍼붓다가 몇 개월이 길의 끝에 뭐가 서 있을지 아무도 모른다. 기차가 터널 안을 지난다고 멈춰 있는 건 아니니까. 지금 이 경험이 나에게 어떤 교훈을 안겨줄지, 어떤 사람과 이어줄지, 어떤 놀라운 일을 가져다줄지 아무도 모른다.

뒤 '네 덕분에'라는 문장을 적는 저 자신이 좀 간사하게 느껴지긴 하지만 그런 일련의 경험들을 기록하고 찾아보는 과정에서 '무엇도 함부로 판단하지 말자'는 결심을 확고히 하게 되었습니다.

일기장에 이런저런 경험들을 솔직하게 적어보세요. 그리고 그 경험들이 어떤 형태로 탈바꿈되는지 지켜보는 것도 정말 놀라운 배움입니다. 이건 오직 성실하게 삶을 기록해온 사람만이 가질 수 있는 배움인지도 몰라요. 전후비교가 확실히 되니까요.

탈락하고, 손해 보고, 실수하고, 말아먹은 온갖 인생사 우여곡절을 어느 날 가만히 들여다보면서 갑자기 이런 생각이 들 때가 있었어요.

'자세히 보니까 결국은 다 포장된 선물이었네? 삶은 우리에게 가장 좋은 것만 가져다준다는 게 진짜 맞나보다.'

인생이 허락하는 모든 경험을 두 팔 벌리고 환영해보세요. 하나하나의 결과에 인생 전체를 들었다 놨다 하지 말고 천천히 이 모든 것들을 음미해보는 거예요. 그 과정 자체가 이미 큰 보상임을 알게 될 거예요.

일기 쓰기에_____
관해 자주 받는 질문 2

Q 하루도 빠짐없이 매일 써야 할까요?

A '매일'보다 중요한 것은 스스로와 정한 약속을 지키는 일입니다.

일기를 '매일' 쓸 필요는 없습니다. 물론 매일 하면 더할 나위 없이 좋겠지요. 저는 글을 쓰는 일이 마치 운동처럼 영혼의 근육을 탄탄히 길러주는 일이라고 여겨요. 운동을 매일 꾸준히 하면 좋다는 건 물어볼 필요도 없잖아요? 좋은 음식을 매일 먹는 건 또 어떻고요? 그런데 그 매일의 행위가 스트레스와 압박 속에서 이루어지면 또 이야기가 달라지겠죠. 아무리 좋은 것도 스트레스를 이길 수는 없어요. 안 하느니만 못한 거죠. 일기 쓰기도 마찬가지입니다. 매일 해야 한다는 압박이 좋은 자극이 되어 탄탄한 습관으로 형성되는 과정이라고 여겨지지 않는다면 일단은 '매일'을 내려놓으세요. 대신 자신에게 솔직한 질문을 던져보세요.

"너 인간적으로(?) 솔직히 일주일에 몇 번 정도 쓸 수 있어?"

그리고 고민과 타협 끝에 답이 나왔다면 그걸 지킬 수 있는 사람이 되어봅니다. 이 세상 어떤 좋은 것도 '필이 올 때마다' 한 번씩 하는 것으로는 힘을 모으지 못하거든요. 발전과 변화에는 최소한의 횟수가 필요해요. 마음 내키고 컨디션 최상일 때 가끔 한 번 몰아서 하는 운동으로 건강과 체력을 얻을 수 있나요? 마찬가지로 1년에 몇 번 끄적이는 일기로는 내면을 충분히 들여다볼 수 없어요. 성장을 위한 필요조건이 충족되지 못한다는 얘기예요.

일주일에 2번 일기를 쓰기로 정했다면 최소 3개월은 그걸 해냅니다. 굳이 '3개월'이라는 시간을 정한 이유는 3개월은 100번 정도의 시간이고 그 정도는 해봐야 최소한의 결과를 얻을 수 있기 때문이에요.

의지를 발휘하면 몸을 움직이게 된다고 여기지만 가끔은 그 반대이기도 합니다. 일단 움직이면 의지가 생기거든요. 나 자신에게 '시간'이라는 것을 선물해주세요. 궤도를 수정할 수 있는 최소한의 시간이요. 몇 번 해보고 '뭐야? 이거 나한테는 안 먹히나 보다' 하는 반복된 체념 말고, '너는 느리지만 멈추지는 않는 사람이란 걸 알아'라는 긍정 메시지를 주세요.

우리 마음은 늘 익숙한 것을 재현하고자 합니다. 그것이 나에게 유용하지 않은 것, 심지어 커다란 마이너스라 해도 말이에요.

'나는 어차피 해도 안 돼.'

'나는 의지박약의 아이콘이야.'

'이것도 몇 번 하고 포기할 거란 걸 알아.'

이미 알고 있는 익숙하고 편안한 나를 벗어나세요. 그 유일한 방법은 행동을 통해 스스로에게 '다른 나'을 입증하는 것뿐입니다. 그러니 스스로와의 약속을 정하고 꼭 지켜나가시길 바랍니다. 그것이 억지로 하는 공허한 '매일'보다 훨씬 중요해요.

일기 쓰기에_____
관해 자주 받는 질문 3

Q 하루 중 언제 쓰는 게 가장 좋을까요?

A '언제'가 뭐가 중요하겠어요? 다만 꾸준히 일기를 쓰기 위해서는 일상 루틴을 파악하고 원하는 일을 자동화할 수 있는 시스템을 구축해야 편해요.

하루 중 언제 쓰는 것이 좋다고는 콕 집어 말하기가 아주 곤란해요. 각자의 생활 습관과 리듬, 선호하는 시간대가 다를 테니까요. 가족 모두가 잠든 새벽 5시에 일어나 일기를 쓰면서 에너지를 충전하는 사람도 있고, 새벽 2시에 발라드 음악을 틀어놓고 써야만 감정이 잘 흘러나오는 사람도 있을 거예요.

중요한 건 정확히 어떤 시간대에 쓰느냐가 아니라 매일 비슷한 시간을 확보해서 일기를 쓸 수 있느냐는 거예요. 꾸준히 쓰기 위해서는 일상에 사이클이 있어야 하거든요. 시도 때도 없이 노트 펼쳐서 쓰는 게 아닌 이상 특정한 루틴을 가지고 있어야 일단은 내가 편해요.

예를 들어, '아침에 일어나서 세수하고 하루를 계획하는 일기 쓰기 10분. 저녁에 자기 전에는 하루를 돌아보고 마음의 안부를 묻는 일기 쓰기 5분'처럼 나만의 룰을 가지고 쳇바퀴를 돌리는 거예요.

간혹 꾸준히 일기를 쓰는 일이 시간 관리의 달인들만이 할 수 있는 것이라 여기는 사람들이 있는데요. 절대 그렇지 않습니다. 일기 쓰기에 '와우'할 만한 시간 관리법은 필요하지 않아요. 중요한 건 한정된 시간 자원을 효율적으로 돌리기 위한 나만의 시스템을 구축하는 일이에요. 이건 초반에 조금만 공을 들이면 누구나 가능한 일입니다.

먼저, 나의 하루를 잘 분석해보세요. 아침, 오전, 오후, 저녁을 몇 가지 단계로 나누어 들여다보면 좀 더 수월합니다.

회사 다니는 서른셋 미혼 여성인 A씨의 평일을 예로 들어볼게요. 그녀에게 '아침'이라고 하면 6시 30분에 기상하고 나서 출근 전까지, 출근해서 본격적인 업무를 시작하기 10분 전까지로 나눌 수 있을 거예요. 오전과 오후는 또 각각 점심 시간을 기준으로 나누어 총 업무 시간과 잠시 짬나는 시간도 계산해보고요. '저녁'은 6시 퇴근 후 집에 도착해 식사 마치기 전까지인 8시를 기준으로 취침 전까지로 또 나누어볼 수 있겠고요.

　이런 식으로 나의 하루를 몇 조각으로 잘게 잘라봅니다. 그리고 그 안에서 내가 원하는 것을 할 수 있는 물리적인 시간을 계산해봐요. 아무리 생각해도 아침에 일찍 일어나기는 불가능하니 퇴근 후 3시간을 효율적으로 사용하겠다고 결심했다면, 이제 그 3시간에 내가 할 일을 몇 가지 정하고 시스템화하는 거예요.

　　영어공부 50분

　　독서 30분

　　일기 쓰기 15분

　　스트레칭 20분

　이렇게 해야 할 일과 시간을 정했다면 '영어공부 50분'을 어떤 프로세스로 운영할 것인지(리스닝 10분, 미드 핵심패턴 10개 익히기 등 정확한 공부과제마저 파악하라는 이야기입니다), '일기 쓰기 15분'은 무엇을 마친 뒤(양치와 샤워를 모두 끝내고 침대에 눕기 전에) 어떻게 이루어질 것인지(감사일기 3줄 쓰고, 휴대폰은 절대 들여다보지 않은 채 글쓰기) 정확한 루틴을 만듭니다.

일상을 시스템화한다는 것은 매일 의지력을 사용해서 힘겹게 목표를 향해 걸어가는 대신 에너지를 최적화하고 일상을 통제하며 그 일을 자동화 공정에 맡긴다는 의미예요. 『더 시스템 THE SYSTEM』이라는 책에서 스콧 애덤스Scott Adams는 말합니다.

> 목표가 아닌 시스템 모델은 인간이 하고자 하는 거의 모든 일에 적용할 수 있다. 다이어트를 예로 들면, '20kg 감량'은 목표지만 '올바른 식습관'은 시스템이다. 운동은 어떤가. '4시간 이내 마라톤 완주'는 목표지만 '매일 운동하기'는 시스템이다. (…중략…) 당신이 장기적으로 행복해지기 위해 무언가를 매일 꼬박꼬박 하는 것은 시스템이다. 반면에 특정한 어느 시기에 무언가를 달성하고자 기다리고 있다면, 그것은 목표다.
>
> ─ 스콧 애덤스, 『더 시스템 THE SYSTEM』, 베리북, 2020.

일기 쓰기가 한 차례의 목표가 아닌 장기적 행복을 위한 시스템이 되도록 하기 위해서는 일상을 잘 들여다보고 생활 패턴을 분석한 뒤 루틴을 만듭니다. 그리고 그것이 몸에 밸 때까지, 나의 또 다른 정체성이 될 때까지 반복해주면 됩니다.

부디 그 모든 과정을 글로 남겨보길 바라요.
성공이 아닌 성장의 과정, 승리가 아닌 배움의 과정이요.

———

이 세상에 하나밖에 없었고, 없으며, 앞으로도 없을 '나'를 위해 가장 최선이 무엇인지 발견하는 것, 과 거에 무엇에 상처 입었고 현재는 무엇을 고민하며 미래에 어떻게 살 것인지를 내 안에서 발견해내는 것. 이 발견을 위해서는 스스로의 마음을 살피고 그 안에 가득 담긴 물음표에 하나씩 답하는 데서 출발 해야 합니다. 알다시피 모든 답은 이미 내 안에 있 으니까요.

제3장

_____ 어른이어서,
나를 위해 씁니다

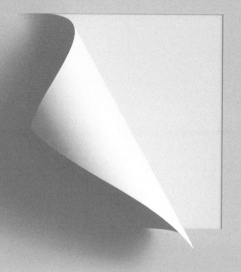

스스로를 _____

_____ 많이 좋아하는

어른이 되는 일 _____

왜 하필 일기였냐고 묻는다면

학창시절을 해외에서 보낸 뒤 대학원을 다니기 위해 한국으로 나오는 짐을 싸며 비좁은 트렁크에 일기장을 가득 채워 넣었어요. 대충 산다고 살았지만 몇 년간 자취하며 늘린 짐이 적지 않았지요. 그런데 그 와중에 일기장을 챙기다니, '이게 뭐라고' 싶다가도 '이건 도저히' 낯선 땅에 홀로 두고 떠날 수가 없다는 생각이었습니다. 긴 시간 내 삶을 어루만져준 조각들. 이걸 두고 가버린다는 건 삶에 대한 예의가 아닌 것만 같았어요.

결혼을 하자마자 다시 외국으로 나갔다가 아이 두 돌 무렵 한국에 돌아오게 되었는데, '그 와중에도' 일기장을 다 챙겼어요. 기념품 몇 개를 버리고 올지언정 노트만은 도저히 버릴 수가 없었거든요. 그 안엔 다른 무엇도 아닌 '나'가 있었으니까요. 나의 과거와 현재와 미래가 담긴 일기장이 꺼이꺼이 울며 밤마다 꿈에 나타날 것만 같았어요.

돌아보면 철새처럼 이동하며 사는 삶이었는데 그 시절 일기들을 이렇게나 잘 보관하고 있다는 게 놀랍습니다. 저는 물건에 대한 애착이 거의 제로인 사람이라 매번 결혼반지도 어디 두었는지 까먹는 덜렁이거든요. 그런 제가 애지중지하는 무언가가 있다는 게 저도 참 신기해요. 물론 중간에 몇 개 잃어버리거나 '이건 도저히 일기가 아니라 데스노트다' 싶어 누가 보기 전에 없애버린 것들이 몇몇 있긴 합니다. 그걸 제하고는 어딜 가든 이 녀석들을 꼭 붙들고 다녔어요. 마치 전쟁통에 엄마 손을 놓지 않으려는 아이처럼, 필사적으로 그렇게 단단히 손에 쥐었어요.

나는 왜 그렇게 열심히 일기를 썼을까? 무엇을 위해서?

처음에는 안 쓰는 삶을 견딜 수 없어서 썼어요. 제 안에 '이야기'가 너무 많아 밤에 잠을 잘라치면 넘쳐흐르기 일쑤였는데, 그 꼴을 감당 못해 일기장에라도 덜어내야 했기 때문이에요. 나중엔 그 엄청난 효과 덕분에 안 쓸 수가 없었어요. 단 3줄이라도 마음을 정리하고 잠이 들면 헝클어진 머리칼을 곱게 빗질하는 기분이었으니까요. 아무리 무겁고 갑갑한 머리도 새롭게 포맷되는 것 같았죠.

이렇듯 쓴 날과 안 쓴 날 하루의 질이 천지 차이니 도무지 안 쓸 수가 없었어요. 마치 식기세척기 없이도 잘 살던 친구가 한번 써보더니 다시는 이전으로 돌아가지 못하는 것과 비슷하다고 해야겠네요.

하루의 시작과 마무리, 일기 쓰기

앞에서도 몇 차례 밝혔다시피 저는 주로 아침과 저녁에 일기를 쓰는데요. 이 두 차례의 일기 쓰기는 하루의 시작과 마무리라는 점에서도 큰 의미가 있습니다. 아침에는 주로 오늘 하루 어떤 날을 보내고 싶은지, 어떤 일을 하며 누구를 만나 어떤 태도로 살아갈 것인지에 대한 다짐과 의지가 담겨 있어요.

제가 중학생일 때, 아침마다 담임 선생님이 아침 조회라는 것을 했는데요(지금도 있는지는 모르겠네요). 10분 정도 되는 짧은 시간에 이번 주 중요한 학교행사나 학급 일정, 잘 지켜지지 않는 규칙이나 여러 가지 당부 사항을 나누며 하루를 시작했어요. 그런데 어른이 되자 저에게 그런 것을 일러주는 사람이 아무도 없더라고요. 오늘은 어떤 마음으로 어떻게 살아야 하는지, 요즘의 나는 무엇을 조심하고 무엇에 집중해 힘을 쏟아야 하는지 같은 것들 말이죠. 그냥 내 하루는 내가 온전히 설계하고 책임져야 하는 것이었어요.

—

아침에 눈 뜨자마자 몸 상태가 찌뿌둥했다.

→ 오늘 컨디션 조절을 잘해야 할 듯. 예민해지지 않도록 노력
  하자.

어제 엄마와 통화하며 짜증을 많이 냈다. 매번 같은 레퍼토리
의 잔소리가 너무 듣기 싫다는 생각이 들었다.

→ 오늘은 엄마에게 전화해 미안하다는 말을 꼭 해야겠다. 진
  심으로 나를 위한 잔소리를 퍼부어주는 사람, 그 역할 매번
  엄마가 맡아줘서 고맙다는 생각이 든다.

오늘의 미션: 그게 무엇이든 내 의지대로 흘러가지 않는 일(교
통신호, 남편과 아이, 호텔예약 등) 앞에서 언짢아하지 않기. 흘러가
는 대로 받아들이기.

미션 수행 못할 시: 휴대폰 하루 사용 금지 또는 이틀간 커피
금지

아침 일기는 그러니까, 어떻게 하면 하루를 잘 활용할 수 있을
까에 대한 '나 홀로 아침 조회 시간'이라고 할 수 있습니다. 오늘
은 이런 것들을 하며 시간을 보내고, 어떤 마음가짐으로 살아볼
것인지 들려주는 브리핑 시간이지요.

반면 저녁에 쓰는 일기는 또 완전히 다른 온도입니다. 캐모마일차 한 잔을 앞에 두고 노란 불빛에 기대 사각사각 손으로 일기를 쓰다 보면 누군가 심장에 '하아' 따뜻한 입김을 불어넣는 것만 같거든요. 언제나 현실이 얼마나 후지든 상관없이 그 순간만큼은 모든 게 리셋되는 기분이 들어요. 오늘을 망쳐버렸어도 내일은 다시 시작할 수 있을 것 같고, 오늘의 마음을 안아주면 내일은 더 따뜻한 하루를 보낼 수 있겠다는 기대와 믿음을 위한 시간.

이런 독백들이 지친 제 마음을 하염없이 쓰다듬어주었습니다. 어느 누구도 내게 해주지 않는 말, 하지만 듣고 싶은 그 말들을 스스로에게 건네며 매듭짓는 밤 11시.

그렇게 마무리한 하루는 경건하고 아름다웠어요. 그때부터 알게 되었습니다. 내가 이번 생에서 바라는 건 '거대한 무엇'이 아니라는 사실을요. 엄청난 성공과 대단한 재력 같은 걸 원하는 게 아니라 그저 낮아진 자존감을 다시 세우는 과정에서 나를 잘 먹이고 입히고 재우며, 나를 마음껏 좋아해보는 게 어쩌면 전부라는 사실을 말이에요.

그러니 처음부터 어떤 의미와 결과를 기대하고 일기를 썼던 건 결코 아니었어요. 견디기 힘든 밤들이 많았던 감성 폭발 열여덟 소녀를 재워줄 수 있는 도구가 오직 발라드 테이프와 글쓰기밖에 없었기 때문이었지요. 정말이지 저는 '일기 따위의' 사소한

2020년 7월 9일

—

나만 알고 있는 내면의 혼돈. 춥고 어두운 방에서 멀리 따스한 불빛의 이웃집을 바라보는 낯설고, 외롭고, 이질적이고, 스스로가 보잘것없고 무가치하게 느껴지는 느낌. 아주 가끔 찾아오는 이 마음이 오늘도 찾아왔다. 그런데 나는 처음으로 "안녕" 하고 그 마음을 환영해봤다.

왔구나. 거부하지 않을게. 충분히 머물다 가.

그런데 놀랍게도 그 마음이 떠올랐다가 이내 사라졌다. 마치 "나를 언제쯤 환영하나 지켜봤어"라고 말하는 듯했다.

몸도 마음도 날마다 조금씩 좋아진다는 믿음이 있다. 그게 단 1%라도 상관없다. 이 정도면 충분히 애쓰고 있다. 잘하고 있다. 모든 면에서 나 자신에게 감사하다. 더 해내려는 건 나에 대한 폭력이니까.

일이 삶을 바꿔줄 거라고는 꿈에도 기대하지 않았어요. 하지만 지금은 알고 있습니다. 우리를 바꿔주는 것들은 모두 사소하다는 사실을요. 매일의 걷기, 물을 많이 마시는 습관, 가계부를 적으며 지출을 관리하고, 상대에게 먼저 웃으며 인사를 건네는 일. 하루 5분씩 시간을 내서 나의 안부를 묻는 것까지(물론 일기장에).

하찮아서 도무지 '결과'를 떠올릴 수 없는 일상의 작은 습관과 루틴이 저를 지켜냈어요. 살려냈어요.

일기를 쓰며 저는 그토록 바라던 '스스로를 많이 좋아하는 사람'이 되는 일도 크게 불가능하지 않겠다는 꿈을 갖게 되었습니다. 그리고 마흔을 앞둔 이제는 확실히 알고 있어요. 사실 그것은 세상 무엇보다 중요한 일임을, 대단한 일임을 말이에요.

다름 아닌 _____
_____ 나 자신을 위해
노력하기 _____

지금부터 나를 위해 무엇을 할 수 있을까?

"어쩌다 일기를 쓰게 되었어요?"라는 질문을 받을 때마다 씁쓸한 학창시절이 동시에 떠올라 썩 반갑지만은 않아요. 그때 그 시절의 복잡미묘한 오만가지 감정이 저도 모르게 복원되기 때문이지요.

저는 인생의 쓴맛을 좀 일찍 맛본 케이스인데, 저희 집이 중학교 3학년 IMF 때 그야말로 쫄딱 망했기 때문이에요. 그 시절 '가세는 내리막 삶은 오르막'이 된 집이 어디 저희 집뿐이겠는가 마는, 남이 큰 병에 걸렸다고 내 독감이 안 아픈 게 아니듯이 저는 이리저리 흔들리고 방황하는 10대 시절을 보내게 돼요.

공부에도 관심 없고, 가족은 쳐다보기도 싫고, 나 자신은 더 끔찍한 시간이 열여섯 살, 열일곱 살…. 내가 생각해도 이건 좀 기네, 싫을 만큼 이후로도 계속 이어졌습니다. 그렇다고 대놓고 나쁜 짓을 하거나 부모님께 반항을 한 것은 아니에요. 천성이 소심하고 내성적이라 숨죽이며 혼자 힘들어하는 시간들을 보낼 뿐이었죠. 밤새 울다가 아침에 퉁퉁 부은 눈으로 학교에 가거나 일주일간 누구와도 대화하지 않고 지내는 식이었어요. 엉켜버린 내 삶과 가족에 대한 소심한 복수라고나 할까요? 그러다 보니 어린 나이에도 인생이 너무나 지치고 지겨웠습니다.

되고 싶거나 갖고 싶거나 하고 싶은 것이 떠오르지 않았어요. 큰 꿈도 희망도 없었지요. 학교도 싫고 친구들도 별로고, 하다못해 패션이나 남자친구에도 심드렁했어요. 저는 긴 우울의 터널을 지나는 중이었습니다.

가끔 사람들은 그런 이야기를 해요. 지금 나이에 돌아보니 그때 힘든 건 힘든 것도 아니더라. 아뇨, 저는 지금 떠올려도 그때 그 시절이 엄청나게 힘들게 느껴져요. 모든 게 의미가 없다고 여겨졌기 때문이에요. 내일이 기다려지고, 달라지고, 좋아질 것이라는 희망과 좋은 어른으로 자라서 당당한 사회일원이 되어야 하는 이유, 이 시간만 잘 통과하면 편하고 즐거운 날들이 올 수도 있다는 작은 기대조차 쉽게 가질 수 없었기 때문이에요.

지금은 물론 알고 있습니다. 삶의 모든 시기에 반드시 '의미'가 있어야만 하는 건 아니라는 것을요. 내 의지와 상관없이 나에게 일어난 일을 바라보며 그냥 숨 쉬고 살아가는 것도 충분히 의미

있는 시간일 수 있습니다. 살아 있는 자체가 귀한 의미인 걸요. 그밖에 굳이 다른 이유와 의미를 찾아 헤매지 않게 되었다는 뜻이지요. 하지만 열여덟에는 그런 사실을 알 턱이 없었어요.

왜 살아야 하지?

왜 열심히 공부해서 대학을 가야 하지?

괜찮은 어른이 되면 뭐 어쩔 건데?

절대 답을 찾을 수 없는 질문 안에서 하루를 허비했어요. 그나마 혼자 있는 게 가장 편하고 행복했기에 조금이라도 더 혼자 있고자 처음에는 책을 읽기 시작했어요. 취향과 상관없이 집에 꽂혀 있는 책부터 읽고 또 읽었지요. 당시 집에 있던 검은색 하드커버의 세계문학전집은 너무 지루하고 어려웠지만 내용도 이해 못하고 그냥 글자만 계속 읽어 내려간 기억이 나요.

그렇게 한 권 두 권 책을 읽기 시작했어요. 그리고 저는 알게 되었습니다. 뭔가에 몰입되어 있을 때만큼은 내면의 불필요한 소음이 사라지는 시간이라는 것을요. 책에 빠져 있는 시간에는 미래 걱정, 집안 걱정, 도대체 어떤 어른이 될지 하나님도 모를 것 같은 나 자신에 대한 불안과 걱정이 눈에 띄게 줄어들었거든요. 독서의 매력에 저도 모르게 푹 빠진 것이죠. 그렇게 책을 읽다가 나중에는 읽은 책들의 제목과 저자라도 기록해두어야겠다 싶은 마음이 들었어요. 읽은 책의 목록은 길어져 가는데 읽고 나면 뭘 읽었는지도 기억 안 나는 게 아까웠던 거죠. 그리고 무엇보다도 독서 리스트를 갱신하며 처음으로 소소한 성취감 같은 것을 느꼈기 때문이에요.

'어라, 재미있네? 좀 더 긴 나만의 리스트를 가지고 싶다' 이런 마음.

집에 굴러다니는 노트에 읽은 책의 목록과 짧은 리뷰를 작성하기 시작한 것이 글쓰기와의 첫 인연이었습니다. 읽고, 쓰고, 리스트를 만드는 활동을 몇 개월 하다 보니 스스로가 생각해도 마음이 튼튼해지고 있다는 확신이 들었어요.

2001년 9월 21일
—

그 유명한 『갈매기의 꿈』이 왜 유명한지 이제야 알 것 같다. 오래 기억에 남을 것 같은 책이다.

책 속 밑줄:
"눈으로 보듯이 배우지 말라. 눈으로 배운 것을 믿어서는 안 된다. 눈으로 보고 배우는 것은 반드시 한계가 있다. 너 스스로 움직여서 알아내고 이해해야 돼. 네가 이미 알고 있는 것을 찾아야 한다. 그러면 스스로 나는 법을 알게 될 거야."

잠 안 오는 밤에도 질질 짜는 것 말고 하고 싶은 일이 생겼고, 어떤 날은 누가 시키지 않아도 아침 일찍 눈을 떠 책을 읽고 좋은 구절을 노트에 옮겨 적기도 했고요. '내 인생 아무럼 상관없어' 같은 마음도 빠르게 자취를 감추었습니다.

단순한 작은 일이 우리 삶에 가장 강력한 변화를 몰고 올 수 있음을 이제는 확실히 알고 있어요. 5분의 글쓰기, 10분의 걷기, 일주일에 한 번 하는 북클럽이나 드로잉 같은 것 말이죠.

저의 지인 중 하나는 오래 다니던 회사를 퇴사하고 우울증으로 집 앞 공원을 산책할 기운도 내지 못했어요. 그때 달팽이 한 마리를 얻어다 키우며 '생의 의지'를 다졌다고 해요.

'에? 달팽이? 말도 못하고 꼬리도 못 흔드는 그 달팽이?'

처음에 그 이야기를 심각하게 할 때는 웃음이 나면서도 '얘가 아직도 아픈가?' 걱정스러운 마음이었는데 이어지는 말들을 천천히 들으며 고개를 끄덕였어요.

"상추도 꼭 유기농으로 사다 먹였어. 상추잎 하나를 씻어다가 통 안에 넣어주면 흙 속에서 오래 몸을 웅크리고 있다가 나오거든. 그걸 우물우물 씹는 입을 가만히 쳐다보고 있으면 '나도 건강해지기 위해 잘 먹어야지. 나도 누군가를 돕고 먹여 살릴 수 있는 사람이지' 싶은 생각이 들었어."

매일 달팽이를 먹이고 흙을 갈아주는 일. 그 아무것도 아닌 수

고가 그녀를 살게 만들었다는 걸 충분히 이해해요. 짓눌리는 감정을 안고 새벽에 혼자 눈을 떴을 때도 달팽이를 통 안에서 꺼내다가 손바닥 위에 올려두고 한참을 바라보고 있으면 다시 잠이 쏟아졌다고 해요. 그렇게 그녀는 작은 달팽이를 기르며 스스로가 만든 마음 감옥에서 걸어 나오게 되었어요.

'결정적 한 방'이 삶을 구원하는 일은 드뭅니다. 수백 가지 소소한 기쁨들을 반복하며 자신을 다시 일으켜 세우는 방법이 있을 뿐이에요. 다시 저의 글쓰기로 돌아가서.

글 쓰는 일에 익숙해지자 노트 속 여백을 마주하는 일도 크게 두렵지가 않았어요. 그래서 책을 읽고 느낀 점을 짧게 정리하는 글쓰기를 넘어 그냥 하고 싶은 말들을 간단히 적기 시작했습니다. 오늘은 이래서 속상했고, 저래서 짜증 났다. 내일은 뭘 하지? 따위의 아무 말 대잔치.

더 이상 '뭘 쓰지?'를 고민하는 게 아니라 '뭐라도 쓰면 마음이 시원해져'라는 경험이 더해졌다는 것은 놀라운 발전이고 변화의 시작이었어요. 매일 반복하는 한 가지. 매일 맞이하는 같은 경험. 드디어 저의 일상에도 작은 질서가 생긴 거예요. 그렇게 열여덟 살이 저물어갈 무렵 저는 이런 생각을 하게 되었습니다.

'아, 평생 이렇게 살면 좋겠다. 문창과나 국문과에 가서 소설가나 에세이스트가 될 거야. 그게 아니면 출판사에 취직해서 평생

글을 만지는 사람으로 살아야지.'

난생처음 간절히 하고 싶은 일이 생겼습니다. 하고 싶은 일이 생기자 재미있게도 갖고 싶은 것도, 되고 싶은 것도 동시에 생겨났어요.

그로부터 20여 년이 흘러 서른아홉이 된 지금, 저는 정말로 매일 글을 읽고 쓰고 만드는 사람으로 살고 있어요. 그게 아니었어도 지금까지 매일 일기를 쓰며 나만의 글을 만지고 있으니, 학창시절 꿈을 이룬 운 좋은 사람, 그게 바로 제가 될 줄이야!

무려 열여덟 살부터 현재까지 습관을 이어가고 있으니 일기 쓰기야말로 제 삶의 원 탑one top, 원 워드one word, 뿌리이자 기둥인 셈이에요. 이토록 오랜 시간 일기를 쓰다니, 훌륭한 삶이었다고 지난날을 회상하진 못해도, '성실하고 따뜻한 삶'이었다고 말할 수는 있을 것 같습니다. 저는 다름 아닌 스스로를 위해 노력하는 사람이었던 거예요. 그리고 이 문장이 제게 얼마나 큰 위로가 되는지 모릅니다.

'나'로부터 달아나고자 했던 많은 시간을 지나, '나'에게 좋은 사람이 되기까지. 맞아요. 그 길목에는 늘 일기장이 놓여 있었습니다.

'나 전문가'는 ＿＿＿＿＿＿＿
＿＿＿＿＿＿＿ 이 세상에
나 하나뿐 ＿＿＿＿＿＿＿

일기란 곧 '발견'이다

마치 남의 글 보듯 무심하게 일기장을 훑어보던 어느 날, 소스라치게 놀란 적이 있어요. 내가 무엇을 위해 노력 중인가가 아닌 무엇에 헛수고 중인지가 너무 확연히 들여다보였기 때문이에요.

'어떻게 이러고 살았지?' 저 자신이 너무 가엾다가 금세 한심해졌어요. 뒷장에 그때의 일기를 공개할게요.

일기에 가득한 건 타인과의 비교. 당시 저는 나 아닌 다른 누군가를 닮고자 지나치게 애쓰고 있었어요. 그 시간과 노력이 기가막힐 정도로요. 그 비교가 만약 '나도 저렇게 멋지게 살아야지'라는 마음을 갖게 하는 것이라면 문제가 없었겠지요. 하지만 그 사람을 떠올릴 때마다 자동적으로 '넌 왜 그 모양으로 사니?' 하는 비수를 가슴에 꽂으며 좌절감과 고통을 키웠어요.

7월 10일

—

어린이집 픽업 가기 전에 컵라면이라도 먹고 가려고 물을 올리고 있는데, 내가 아는 가장 세련되고 유능하고 자존감 높은 OO 언니에게서 연락이 왔다. 전화를 끊고 나서는 도저히 컵라면을 끝까지 먹을 수가 없었다. 언니는 지난 10년간 단 한 번도 컵라면 따위로 허기를 채우지 않았겠지? 나처럼 동네 미용실에서 싸구려 파마 같은 것은 아마 평생 안 해봤을 거야.

생각은 꼬리에 꼬리를 물고 이어졌다.

언니는 어떻게 쌍둥이를 키우며 저렇게 사업을 확장했을까? 어떻게 젖먹이 아이를 키울 때도 매일 화장을 하고 예쁜 원피스를 입고 살 수 있었을까? 어떻게 본인도 완벽한데 남편은 더 완벽할까? 심지어 유머러스하고 매너도 좋아. 영어는 네이티브야.

나는 뭐지? 여전히 살림, 육아는 초보 수준. 그렇다고 나는 일을 똑 부러지게 잘할까? 3년째 열정과 무기력을 반복 중인 것 같은데? 그렇다고 패션센스가 있어, 몸매 관리를 열심히 해? 나는 어떻게 모든 영역에서 이렇게 평균 이하지?

그 사람을 생각하면 좋은 점을 닮고자 노력하게 되는 게 아니라 나 자신과 내 삶이 너무 초라하고 작게만 느껴졌죠.

그 감정의 기록이 없었더라면 꽤나 긴 시간 늪에 빠져 허우적 댔을 것 같아요. 오랜 시간 일기를 쓰며 나 자신과 꽤 친하다고 생각했지만 그게, 항상 그렇지만은 않아요. 누구나 비슷할 거예요. 절친과도 싸우고 얼굴 안 보는 날도 있고, 가족과도 제발 좀 떨어져 살고 싶다는 말이 목구멍까지 치솟는 날이 있는 것처럼요.

나라는 사람을 다 안 것 같다가도, '어? 어? 너 또 왜 이래? 정말 이러기야?' 싶은 날들이 찾아와요. '제발 이 상황에서 이러지 말자. 협조 좀 해주라' 싹싹 빌고 싶어지는 날도 있고, '몰라, 에이 씨. 그냥 그러고 살다 죽어' 욕하고 싶은 날도 있어요. 문제는 그 감정과 상황에 한번 매몰되면 스스로를 제대로 바라보기가 너무 어렵다는 사실이에요.

힘들 땐 내가 세상에서 제일 힘든 사람이 되니까요. 죄책감과 수치심의 늪에 빠지면 세상을 등진 이들이 가장 용기 있고 현명한 것만 같아져요. 나 빼고 다 짝이 있는 친구들 만나고 오면 '싱글이 편하고 좋다'는 생각은 이미 전생의 기억이 되고, '나는 짝도 없는 데다 돈도, 꿈도 없는' 천하의 루저로 재탄생하는 건 시간문제.

저도 그랬어요. 어떤 감정에 한번 빠지면 스스로의 힘으로 '로그아웃'하는 방법을 몰랐습니다. 그냥 지쳐 쓰러질 때까지, 그 생각의 바닥에서 더는 비참해질 힘도 없을 때까지 나를 몰아붙이다가 항복을 외치곤 했지요.

그럴 때 일기는 나를 '재발견' 아니, 제대로 발견하게 해주는 역할을 했어요. 왜냐하면 지난 기록들이 앞으로의 일들을 예측하게 만들기 때문이에요. 이 감정으로, 이 방향을 향해 걸으면 결국 어디에 가닿는지 이전 기록들을 뒤지면 다 나오니까요. 내 마음이 움직이는 방향과 방식, 그게 고스란히 일기장에 담겨 있었으니까요. 그래서 언제부턴가 압도당할 것 같은 감정이나 두려운 선택 앞에서 조용히 일기장을 펼쳐봅니다.

'다 치유된 줄 알았는데 여전히 이렇구나.'
'이럴 때 산책을 오래 하거나 집 안 청소를 하면 좋아졌어.'

지난 경험으로부터 깨닫고 배웁니다. 이건 남의 경험이 아닌 내 경험이기에 100% 효과 보장이에요.

저는 그간의 일기 쓰기가 바로 '나 전문가'가 되는 코스를 수료하는 일이라는 걸 깨달았습니다. 나만의 경험으로부터 뭔가를 발견하고 이해하는 일. 그걸 토대로 다시 나다운 선택을 내리는 것. 그건 꾸준한 기록을 남긴 사람만이 가질 수 있는 특급혜택이지요. 이 세상에 나 전문가가 될 수 있는 사람은 나 하나뿐이니까요. 최고의 심리상담사나 정신과 의사도 나만큼 나 전문가는 될 수 없어요. 하지만 주변을 둘러보면 자기 자신에 대해서는 까막

눈이면서 '남 전문가'는 어쩜 그리 많은지. 자신에 대해서는 알아볼 생각도 안 하면서 타인에게 충고와 조언을 아끼지 않는 '친절한 오지라퍼'들이 차고 넘칩니다. 그렇기에 '나 전문가'라는 타이틀은 더없이 명예롭고 소중해요.

내 안의 수많은 나

세계적인 임상심리학자이자 작가인 타라 브랙Tara Brach은 말해요. 운명과 맞서기 위해 가장 먼저 할 일은 자신의 머릿속을 떠나지 않는 생각과 신념을 점검하는 일이라고요.

'너의 생각을 믿지 마라.'

어쩌면 제가 지난 10년간 수백 권의 심리학, 영성책을 읽으며 배운 한 줄의 깨달음입니다. 내가 '확실하다'고 여긴 생각도 자세히 들여다보니 나만의 착각인 경우가 많았어요. 그냥 내가 그렇게 생각해버리는 게 편하니까 혹은 오랜 시간 품어온 생각이니까 의심 없이 품고 있는 경우가 대다수였죠. 왜 많은 영적 스승들이 무언가를 맹신하는 습관을 버리고 스스로를 새롭게 바라보라고 했는지 이해가 갔습니다.

- 나는 손이 야무지지 못해. 손으로 하는 건 뭐든 어설퍼.
- 나는 슬픈 일이 있어도 24시간 이상 안 갖고 가는 사람이야.
- 나는 천성이 게을러서 새벽 기상은 절대 못 해.

그 밖에도 내가 확실히 알고 있다고 여긴 생각들을 되짚어보니 아주 가관이더라고요. 출처도, 근거도 없는 생각더미에서 두려움에 벌벌 떠는 작은 아이가 된 기분이었어요.

그래서 저는 일기장에 정말 많은 질문을 던졌어요. 마치 아주 친절하고 인내심 많은 심리상담사가 내담자에게 하듯 그렇게 하나씩 나에 대한 궁금증을 해결해갔어요. 나를 지독히 괴롭히고 맹렬히 뒤쫓는 생각들을 천천히 돌아보고 하나씩 점검했습니다. 이건 평생의 작업이니 서두르지 말고 답하자는 심정이었어요. 단, 스스로에게 내건 두 가지 조건이 있었어요.

첫째, 어떤 상황에서도 나를 속이지 않기!

둘째, 빨리 답을 찾고 싶다는 이유 때문에 고민의 시간을 단축하지 말기!

'앞으로 어떤 모습으로 살아야 하나?'라는 고민이 극에 달했던 20대 중반 이후 일기에는 꼬리에 꼬리를 무는 질문들이 끝없이 등장합니다. 내가 하는 말에 세심하게 귀를 기울이며 함께 답을 찾아 좀 더 괜찮은 미래를 만들고 싶었기 때문이지요.

너는 뭘 할 때 가장 행복해?

아무리 노력해도 안 되는 일은 뭐야?

그때 왜 그렇게 많이 아팠어?

별것 아닌 것 같은데 왜 그렇게 기뻐했어?

뭐가 가장 두려워?

지금 뭐가 가장 고민이야?

너 자신을 진심으로 사랑했어? 혹은 사랑하고 있어?

간혹 제가 오랜 시간 일기를 썼다고 처음부터 주도적인 삶을 사는 법을 터득하고, 감정처리와 자기관리의 전문가였을 거라는 믿음을 가진 사람들을 만나요. 절대 그렇지 않습니다. 일기를 쓰고 꾸준히 나를 들여다보며 어떤 패턴을 깨닫고 상처를 치유하는 길고 긴 시간을 통과한 뒤에야 약간의 자유가 주어졌을 뿐이에요. 스스로의 힘으로 내게 좀 더 유익한 것을 선택할 수 있는 자유 말이에요. 은유 작가는 말했어요. 누구나 자신이 속박된 주제에 대해 쓸 수밖에 없다고. 쓰다 보면 알게 됩니다. 과거에 나를 속박한 일이 무엇이었는지, 지금 현재 나를 꽁꽁 묶어 괴롭게 하는 일은 무엇인지. 이걸 풀면 자유가 찾아오는 거예요.

그러니 일기장에 '수많은 나'를 적어보길 바랍니다. 하루에 하나씩 100일을 채웠다면 '나 전문가' 중급과정에 들어섰다고 봐도 돼요. 나다운 삶을 사는 용기는 그냥 주어지는 것이 아닙니다. 질문에 대해 내가 얼마나 많은 시간과 고민을 쏟았는가에 따라 해답의 깊이도 달라질 거예요.

그런 의미에서 일기 쓰기는 곧 '발견'이지요. 이 세상에 하나밖에 없었고, 없으며, 앞으로도 없을 '나'를 위해 가장 최선이 무엇인지 발견하는 것, 과거에 무엇에 상처 입었고 현재는 무엇을 고민하며 미래에 어떻게 살 것인지를 내 안에서 발견해내는 것. 유레카! 세상에 이보다 더 중요한 발견은 없을 거예요.

이 발견을 위해서는 스스로의 마음을 살피고 그 안에 가득 담긴 물음표에 하나씩 답하는 데서 출발해야 합니다. 알다시피 모든 답은 이미 내 안에 있으니까요.

가장 사랑하는 ＿＿＿＿
＿＿＿＿＿ 사람 대하듯
나를 대할 것 ＿＿＿＿

마치 내 아이에게 하듯 그렇게

글쓰기 책을 출간하고 난 후부터 종종 강연 요청을 받곤 하는데
요. 지난달 강연이 끝나고 질의응답 시간에 이런 질문을 받았습
니다.

"바쁜 일이 쌓여 있거나 몸이 좋지 않은 날에도 건너뛰지 말고
일기를 써야 하나요?"

'꾸준히'라는 저의 메시지를 오해한 것인가 싶어 저는 재빨리
손사래를 치며 대답했어요.

"아니요. 절대 아니에요. 그런 날 쓰는 일기가 무슨 소용이겠
어요. 그럴 땐 쓴다는 행위에 집착하기보다 그냥 스스로에게 집
중하세요. 처리해야 할 급한 일들을 먼저 끝내고 여유시간을 확
보하세요. 내 마음이 하는 이야기를 그저 들어주고 몸이 보내는

신호를 예민하게 알아주세요. 그것으로 충분합니다.”

생각해보세요. 어떤 일이든 본질을 떠올리면 행동을 선택하기가 훨씬 수월해집니다. 나에게 좀 더 유용한 선택을 머뭇거림 없이 할 수 있다는 말이에요.

일기를 쓴다는 건 결국 나를 잘 돌봐주고 사랑해주기 위한 일입니다. 그런데 몸이 안 좋고 다른 일이 있는데도 억지로 책상에 앉아 그날의 할당량을 채운다? 그건 자신에게 너무 못되게 구는 일이잖아요! ‘내 몸’의 입장에서는 마치 작정하고 괴롭히겠다는 심보잖아요!

저는 언제부턴가 ‘이거 나에게 해도 되는 일인지 아닌지’의 기준을 저희 딸아이로 삼고 있어요. 세상에서 가장 소중하고 사랑하는 내 아이, 그런 딸에게 하지 못하는 말이나 시킬 수 없는 일들은 나에게도 하지 말자는 주의입니다. 예를 들어, 식구들이 남긴 밥을 싱크대 앞에서 전부 입에 털어 넣는 일. 예전엔 종종 있던 일이지만 어느 날 ‘내 딸이 내 나이에 이러고 있다면? 내 딸에게 이렇게 하라고 할 수 있겠어?’라는 질문 앞에 목구멍이 콱 막혔어요. 절대로 그럴 수 없을 것 같았으니까요. 그러면서 나 자신에게 너무 미안하다는 생각이 드는 거예요. 우리 엄마에게는 나도 참 예쁘고 귀한 딸일 테니까요.

억지로 일기를 쓰는 일도 마찬가지입니다. 아프고 힘들다고 호소하는 딸에게 “그래도 일기는 써야지. 얼른 책상 앞에 앉아”

라고 할 수 있을까요? 사랑하는 사람에게 하지 못할 일은 나에게도 절대 해서는 안 되는 일입니다. 우리는 이 당연한 삶의 룰을 잊어버리고 살아요. 아니, 어쩌면 배운 적도 없는지 모르겠네요.

마음치유의 과정을 기록하다

저는 지난 2018년부터 본격적인 마음공부를 시작했어요. 이전에도 간간히 명상, 감정일기 쓰기, 심리상담 등을 받아봤지만 삶의 1순위를 마음을 돌보고 치유하는 일로 둔 것은 2018년부터입니다.

왜 하필 그때였는가 하면 '제대로' 무너지는 경험을 했기 때문이에요. 여느 날처럼 아기를 재워두고 밀린 집안일을 마치기 위해 거실로 나왔습니다. 그날은 남편도 집에 없고 저 혼자였죠. 깜깜한 거실에 노란 사이드 조명을 켜고 식탁에 앉는데, 해일이 밀려오듯 갑자기 내 삶, 나 자신, 나의 과거와 현재, 아니 나를 둘러싼 모든 것이 낯설고 두렵게 느껴졌어요. 어둠 속에서 무엇인가가 나타나 나를 집어삼키며 저 땅속 지옥 끝으로 끌고 갈 것만 같았죠. 잠시 후 도저히 주체할 수 없는 감정이 내 안에서 쏟아지기 시작했습니다. 감정에 압도당한다는 것이 무엇인지 그때 난생처음 진정한 의미를 깨달았어요. 나 자신을 조금도 감당할 수 없는 기분이었습니다. 내가 아는 그 어떤 방법으로도 이것을 해결할 수 없다는 생각, 이 상태가 단 3분만 더 지속되면 정신이 분열될 것 같은 느낌. '이대로 죽겠다' 혹은 '그냥 죽고만 싶다'는 외침이 마음을 가득 채운 것 역시 찰나였어요. 너무나 순식간에 벌어진 상황에 눈물도 나오지 않았습니다. 폭풍 같은 그 시간이 지나고 아주 조금 마음이 진정되며 정신을 차리긴 했지만, 그날 밤을 어떻게 견뎠는지는 지금도 기억이 선명하지 않아요. 아마 낭떠러지에서 썩은 밧줄 하나에 의지하는 심정으로 죽을힘을 다해 버텼으리라고 추측할 뿐이죠.

이튿날 아침이 되고 여전히 기저귀를 갈아주고 낮잠을 재워야 하는 아기를 돌보며 처음에는 그런 생각이 들었습니다.

'왜 나에게 죽고 싶다는 마음이 일어났을까?'

자책과 원망이 터져 나왔습니다. 분하고 억울하기도 했어요. 하지만 그 마음이 다른 때보다 길지는 않았어요. 전날 밤의 충격이 너무나 컸기 때문에 곧 '이제 나는 어떻게 해야 할까?'라는 물음이 찾아왔죠.

그러면서 저는 깨달았어요. 터질 것이 결국 터진 것뿐이라고. 어젯밤은 그저 모든 신호(?)가 완벽하게 맞아떨어진 것뿐이라고. 바로잡는 방법은 오직 하나. 그동안 살아온 삶의 방식, 관념, 생각, 가치를 다 뒤집어엎는 것뿐이라고요. 지금껏 살아온 방식이

나라는 사람에게 올바른 것이었다면 아마 그런 일을 겪지 않았을 거예요. 그 일은 그러니까 내가 무언가를 크게 잘못하고 있다는 확실한 증거였어요.

　　　'그렇다면 무엇이 잘못되었을까?'

　생각으로는 생각을 교정할 수가 없었습니다. 생각은 너무나 빨리, 자주 변하고, 또 너무나 교묘히 덩치를 부풀리거나 모습을 감추기 때문이죠. 나를 변화시킬 수 있는 확실한 방법은 기록, 더 정확히는 기록을 통해 다시 제대로 나를 들여다보는 것뿐이었어요. 그때부터 '마음일기장'을 따로 준비해 나의 감정, 생각, 스스로에게 가하는 크고 작은 폭력들, 신체화 증상까지 기록하기 시작했습니다.

　마음을 돌아보며 낱낱이 기록한 일기장이 없었더라면 어땠을까, 생각해봅니다. 다시 나를 돌보고 새롭게 이해해 나가지도 못했음은 물론이고요. 먼 훗날 내 나이 30대 중반을 돌아보면 분명 그 시간을 '허무한 낭비의 시간'이라고 딱지를 붙였을 것 같아요. 겉으로 보기에는 이렇다 할 경험도 성과도 없으니까요. 하지만 과정을 붙잡아둔 덕택에 그 시간은 이제 제 인생에서 가장 드라마틱한 변화의 날들이 되었습니다. 마음을 깊이 들여다보고 치유해나간 시간이었으니까요.

9월 12일

—

천국도 지옥도 모두 마음속에 있는 장소였구나.

그동안 나 자신에게 정직해지기 위한 훈련을 열심히 하며 살았다고 생각했는데, 반쪽짜리 진실이었음이 확실히 드러났다. 에크하르트 톨레Eckhart Tolle의 인터뷰 영상이 온종일 머릿속을 휘젓고 다녔다.

그는 오직 인생에서 진정으로 충분히 고통을 겪었을 때에만 '나는 더 이상 고통이 필요 없어'라고 말할 수 있게 된다고 했다. 그때가 오면 가슴에서 하는 '삶을 사는 다른 길이 있습니다'라는 말에 귀 기울일 준비가 된 것이라고.

더 이상 스스로 고통을 만들어내지 않는 삶의 길. 그것을 찾고 있다. 그 길로 떠날 시점이 바로 지금이야.

9월 21일

—

1. 몸에 해로운 음식은 절대 먹지 않는다.

'먹기', 특히 '골라 먹기'는 일상 속 수행이다. 음식은 몸속 에너지를 생산하는 재료다. 좋은 음식은 좋은 에너지를 내어 온몸

구석구석에 퍼진다.

2. 두려움을 직시한다.

오늘 주차에 서툴고 허둥대는 내 모습이 멍청하게 느껴졌다. 주차가 힘들 때마다 차를 버리고 도망가고 싶다는 생각이 강하게 올라오는데, 이것은 내가 어떤 장애물을 만났을 때 갖는 생각과 정확히 일치함을 깨달았다. 더 이상 도망치지 않는다. 뒷걸음질하지 않는다. 두려움의 얼굴을 정면으로 마주한다.

3. 단순화한다.

매시간 SNS를 확인하고, 발 디딜 틈도 없이 물건이 가득하고, 머리에는 해야 하는 일들이 꽉 차 있는 상태에서 과연 행복할 수 있을까? 행복이 코앞에 다가와도 '너무 바쁘고 복잡해서' 알아보지 못할 것이다. 그래서 나는 오늘 오전/오후/저녁 각각 한 번씩 인터넷에 접속했다. 그것도 10분 내외로. 집 전체는 무리라 부엌만 대청소를 했다.

과정의 기록이란 결국 그렇습니다. 꽃을 피우기 위해서는 반드시 무르익을 시간이 필요하잖아요. 떡잎이 나오자마자 꽃이 활짝 피는 식물은 없으니까요. 모든 형태의 '잉태'는 저마다의 고유한 시간이 필요합니다. 제게 몇 년간의 집중적인 마음공부 과정의 기록 역시 그랬어요. 고통을 통과하고 다시 나를 사랑하는 사람으로 '잉태'되기까지, 누군가에겐 몇 개월이면 족했을지도 모를 시간이 제게는 최소 3년 이상이 필요했어요. 하지만 나비의 잉태와 매미의 잉태가 다 다르듯 저에게는 그만큼의 시간이 꼭 필요했습니다.

나를 재양육하는 과정

지난 몇 년간 내면아이 치유에 관한 작업을 진행하며 배운 개념이 있습니다. 어른이 된 나는 이제 스스로를 재양육해야 할 의무를 가지고 있다는 사실이었어요. 그 시작은, 부모나 주변 사람들에게 받고 싶었던 그 관심과 사랑을 이제는 스스로에게 충분히 줄 수 있는 존재임을 깨우치는 것이었습니다. 그 힘은 내 안에 있으니까요.

『나도 아직 나를 모른다』의 저자이자 임상심리학자인 허지원은 말합니다.

> 나의 진심과 나의 고단한 영혼을 알아주는 일, 다른 사람에게 기대지 않고 그냥 내가 하면 됩니다. 내가 제일 잘할 수 있는 일을 외주로 넘기려 하지 마세요.
>
> ─ 허지원, 『나도 아직 나를 모른다』, 김영사, 2020.

쿵, 망치로 머리를 한 대 얻어맞은 기분이었어요. 내가 제일 잘

할 수 있는 일을 외주로 넘기지 말 것. 맞아요, 저는 늘 그 일을 외주 줄 사람을 찾아 헤매었습니다.

　누구를 위해 살지 말 것. 누구에게 뭔가를 보이기 위해서도 살지 말 것. 타인에게 사랑받기 위해 최선을 다해 그들의 기대에 부응하려는 공허한 노력도 전부 멈출 것. 그리고 우리는 또 무엇을 해야 할까요? 부서진 내 마음을 안아주는 일이 남았습니다. 세상에서 가장 중요하고, 가장 어여쁘고, 내가 가장 잘 아는 내 마음을 위해 온 마음을 다해보는 일이 남았습니다.

　돌아보니 그건 제가 한 번도 안 해본 '도전'이었어요. 온전히 나를 아껴보는 건 저의 목표 안에 들여본 적 없는 일이었어요. 저에게 있어 목표란 늘 좀 더 많은 돈을 벌고, 좀 더 책을 많이 팔고, 좀 더 예쁜 몸매와 피부를 얻거나 좀 더 좋은 곳에 여행 가는 일이었으니까요. 그리고 제 모든 목표의 뿌리는 사실 남들에게 좀 더 잘 살아가고 있는 모습을 보여주고 싶은 마음이라는 것도 알았습니다. 그러니까 내 목표라는 것이 처음부터 '나 따위'는 안중에도 없는 목표라는 사실을 깨달은 것이에요.

　일기를 쓰며 마음을 들여다보는 일은 말 그대로 '나를 재양육해가는' 과정이었습니다. 나는 내가 알고 있던 그런 하찮은 존재가 아님을 자꾸만 일깨워주는 것. 그건 아파 죽겠지만 언젠간 반드시 해야 하는 일이 분명했어요.

- 같은 상황에서 오늘은 일주일 전보다 훨씬 더 단단하게 처신했네.
- 예전 같았으면 누군가의 부탁을 거절하는 건 어림도 없었을 텐데. 이번에는 적절한 의사 표현으로 거절했다. 정말 잘했다.

머리로만 이해하고 넘어갔더라면 어쩌다 한 번은 바뀌었을지 몰라도 스스로를 대하는 오랜 마음의 습(習)을 넘어서지 못했을 거예요. 글을 쓰며 나는 어떤 사람인지, 아니 어떤 사람이라고 스스로 여기고 있는지, 무엇이 되고자 그토록 애쓰고 있는지, 무엇이 충분하지 않다고 여기는지, 무엇이 좋고 설레는지, 무엇이 두렵고 버거운지를 천천히 알아가며 바꿔나갔어요.

기록이 없다면 측정할 수 없을 영역의 것들을 ―이를테면 자존감과 자신감이 향상되고, 스스로의 미래를 긍정하게 되고, 실수나 실패에 대해 비난을 덜 하는 등― 얼마나 달라졌는지 정확히 확인할 수 있었습니다.

느리지만 저는 틀림없이 달라지고 있었어요.

나는 나에게 누구인가요? 어떤 사람인가요? 요즘 저는 자주 다짐합니다. 나는 나를 끝까지 기다리는 사람이 되자. 기다림에 기한이 없다면 모두가 포기하고 떠나가겠지만 기약없는 기다림에도 언제까지고 기다려주는 사람이 되자. 나에게 나는 그런 사람이고 싶어요. 다그치지 않고, 실망하지 않고 끝까지 그렇게요.

저는 여전히 일기를 쓰며 진정한 나의 존재가치를 회복하는 과정을 밟고 있습니다. 나를 세상에서 가장 사랑하는 연인으로 대해주자고 다짐하고 또 다짐합니다. '네가 어떤 모습이건 너를 사랑해'까지는 아직도 갈 길이 멀어 보이지만 '네가 어떤 모습이어도 너를 버리지 않아'의 자신감 정도는 획득했다고 생각해요. 입버릇처럼 되뇌던 '너 따위가'라는 말은 '이 정도면'이라는 말로 대신하고 있고요. 이불킥 정도가 아니라 어디론가 증발하고 싶게 만드는 과거의 과오에도 이제는 좀 덜 휘둘립니다. 하루의 끝에는 나 자신에게 '마법의 자기사랑 주문3'도 걸어보아요.

그랬어? 그랬구나, 그럴 수 있지.

누구나 갖고 싶은 이런 친구, 연인 혹은 배우자의 존재가 '나 자신'이어도 충분합니다. 내가 나에게 그런 사람, 그런 '소울메이트'의 역할을 하면 되는 거예요.

'내 가치는 내가 정해' _____ _____ 자존감 회복을 위한 성공일기 _____

언제부턴가 서점가에 '자존감'이라는 단어가 부쩍 많이 등장했어요. 자존감이라는 용어를 처음 심리학 영역에서 사용하기 시작한 때가 자그마치 1890년이라는데, 자존감 회복이 가장 시급한 세대는 2022년을 살아가는 우리가 아닐까 하는 생각이 듭니다. 우리는 지금 '엄청난' 시대를 살고 있으니까요.

지구 반대편 억만장자 외동딸의 삶을 실시간으로 지켜볼 수 있는 시대를 살아간다는 게 그리 호락호락한 일은 아니잖아요. 야망을 가지고 성취를 이루고, 비현실적인 외모와 몸매를 가진 사람들의 성공에 좋든 싫든 매일같이 노출되는 시대를 살며 건강한 자존감을 지키는 것은 쉬운 일이 아닙니다. 지하철 1시간 타고 출근하는 길에 전용기 타고 프라이빗 섬에서 생일 파티하는 할리우드 모델의 하루를 지켜보는 게 뭐 그리 유쾌하겠어요.

상사한테 똥멍청이 소리 듣고 퇴근하는 길에 창업 3년 만에 매출 100억 찍은 20대의 파이팅 넘치는 인터뷰를 보는 게 자존감에 도움이 될 리도 없고요. 이렇게 적고 보니 꽤 잔인하게 느껴지지만, 이게 우리가 살고 있는 현시대의 적나라한 모습입니다. 순도 100% 현실이지요.

이런 시대에 어떻게 자존감을 지키며 자족하고 살 수 있을까요? 몇십 억짜리 한강뷰 아파트에 홀로 사는 20대 연예인들의 모습을 TV로 지켜보며 12평짜리 자취방에 감사할 수 있을까요? 명품으로 휘어 감고 쇼핑을 즐기는 인스타 속 인플루언서들의 모습을 바라보며 아픈 아이를 어린이집에 맡겨놓고 '돈 몇 푼' 벌고자 출근하는 내 삶을 사랑할 수 있을까요? 백번 생각해도 쉽지 않은 일입니다. 마음은 멀미나듯 요동치고 자존감은 1초 만에 바닥까지 추락할 수 있어요.

자기가치감을 높이기 위한 특급조치

이럴 땐 어떤 일기를 써야 도움이 될까요? 무작정 삶에 감사를 찾아 '감사합니다' 외쳐야 할까요? 아니요. 하나도 감사하지 않은데 뭘 어떻게 감사하나요? 내 마음이 그걸 모를 리가 없잖아요. 그럴 땐 자칭 '자존감 바닥 찍기 전문가'로서 제가 꾸준히 하고 효과를 본 일명 성공일기를 써보는 게 도움이 됩니다. 성공일기가 대체 뭐냐고요? 지금부터 소개해보겠습니다.

한번 생각해보세요. 많은 경우 우리의 자존감은 누군가의 긍정적인 피드백에 높아집니다. 아닌 척할 수 있지만 우리 뇌가 그런 식으로 작동하는 것을 부정할 수는 없어요.

"넌 어쩜 이것도 잘해?"

"만날 때마다 점점 예뻐진다."

"너랑 이야기하면 에너지가 충전되는 기분이야."

이렇게 좋은 평가를 받으면 스스로를 괜찮은 사람이라고 여기게 되고 기분이 좋아지면서 자존감도 덩달아 올라가게 돼요. 그런데 타인의 평가에만 내 자존감이 좌지우지된다면 그것이 과연 바람직한 방향일까요?

물론 자존감이 높은 사람일수록 타인의 평가에 나의 자존감을 맡기지 않을 거예요. 기분 좋은 이야기는 감사하며 받아들이고, 기분 나쁜 이야기에 오래 머물며 불필요한 고통에 빠져들지 않을 겁니다. 그런데 스스로 자존감이 낮아졌다고 자각하는 때에 스스로의 가치를 좋게 평가하려면 어떻게 해야 할까요? 그럴 때 찰떡인 방법이 있습니다.

바로 내가 나를 칭찬하는 방법이에요. 자신에게 매일 긍정적인 평가를 내려주고 작고 사소한 성취도 놓치지 않고 확인해보는 겁니다.

매일의 작은 성공을 기록하고 칭찬하며 '내가 해낸 일들'에 집

2018년 3월 15일

———

오늘 해낸 '작지만 큰일들small win'

자기계발 : 아침에 독서를 15분이나 했다.

건강 : 귀찮아 죽을 것 같은데도 스쾃을 10개나 해냈다.

바닐라 라떼 대신 아메리카노를 마셨다. (당 끊기 프로젝트)

재정목표 : 연금 저축 펀드의 장단점에 대해 찾아보고 공부했다.

중합니다. 군이 내가 이루지 못하고 가지지 못한 일에 에너지를 내어주며 절망하기보다, 소소하지만 확실하게 해낸 일들을 확인하고 자존감을 높여가는 거예요. 그 과정에서 우리가 얻는 것은 의외로 엄청납니다. 단순히 자존감만 높아지는 게 아니라 용기, 자신감, 만족이 덩달아 올라가고 왜곡되었던 자아상이 활짝 펴져요. 남들의 '하이라이트'에서 시선을 떼고 오늘 일어난 나만의 성공을 차곡차곡 쌓아가는 일. 성공일기란 내 기를 살려주는 최고의 치어리더인 셈이에요.

고려대학교 심리학부 허지원 교수는 '나'라는 존재를 있는 그대로 긍정해주는 사람이 심리치료사라면 그것은 자기 자신이 될 수도 있다고 말합니다. 이 얼마나 든든한 위로인지요. 남들의 기준과 평가에서 벗어나 있는 그대로의 나를 긍정해주는 힐러가 곧 나 자신이 된다는 것 말이에요.

남과 비교해 스스로를 낮게 바라보는 습관을 떨쳐내야 합니다. 그러려면 구체적인 사례를 들어 '나의 멋짐'을 인정해줘야 하고요. 그 성장의 순간들을 기록하며 나에게 아주 크게 말해주는 거예요.

"네가 얼마나 괜찮은 사람인지 봤지?"

"네가 어떤 것까지 해내는 사람인지 확인했지?"

디테일할수록 칭찬의 효과는 배가됩니다.

우리도 누군가에게 "일 진짜 잘하네"라는 칭찬보다 "○○ 씨는 항상 끝마무리가 야무져서 뭘 맡겨도 안심이야"라는 칭찬에 더 어깨가 올라가듯이요. '특별한 하루'를 보낸 나만 칭찬할 게 아니라 '평소의 시간'을 잘 지내고 있는 나도 알아봐주세요. 예뻐해주세요.

'이대로도 참 괜찮은 인생'
행복을 위한 치트키
감사일기

지금도 가끔 감사일기를 씁니다. '가끔'이라 하면 일주일에 한 번, 많아야 2번 정도를 말해요. 100일 동안 하루도 빠짐없이 감사 릴레이도 작성해봤지만 억지로 감사를 짜내서 칸을 채우는 느낌이 별로였어요. 사실은 하나도 감사하지 않은 일들도 그 안에 포함되어 제게 묘한 죄책감을 부채질했거든요.

'넌 그렇게 감사할 줄 모르냐? 배은망덕한 것 같으니라고!'

삶이 제게 불호령을 치는 것 같았어요.

그랬던 제가 감사일기의 '맛'을 제대로 안 것은 사실 그리 오래된 일이 아니에요. 코로나19가 시작되고 저 역시 한동안은 힘든 시간을 보냈습니다. 아이는 유치원에 가는 날보다 온종일 집에만 있는 날이 더 많아 단둘이 집 안에 꼼짝없이 묶여버렸어요. 격리도 이런 완벽한 격리가 없었지요. 몇 개월 사이 몸무게가 임신

막달 때 최고몸무게를 웃돌기 시작했어요. 체중이 불자 당연히 고질병인 허리디스크가 도졌고 뭐만 먹었다 하면 체해서 물도 못 넘길 정도로 건강상태가 매일 바닥을 찍었습니다. 남편의 사업도 크게 휘청대며 한 치 앞도 내다볼 수 없는 상황이 닥쳤어요. 경제적으로 어려워졌고, 심리적으로도 위축되고 불안한 날들이 이어졌습니다.

그러던 어느 날 볕이 식탁까지 길게 늘어지는 오후였어요. 저는 설거지를 하고 있었는데 뽀드득 뽀드득 그릇을 닦다가 문득 이런 생각이 드는 거예요.

> '감사할 만하니까 감사한 건 누구나 감사할 수 있지. 감사할 일이 없는 일상도 기꺼이 사랑하고 감사를 발견할 수 있느냐가 중요한 거야.'

씻던 그릇을 잠깐 내려놓고 멍하니 서 있었습니다. 닫힌 마음을 지키던 둑 하나가 와르르 무너지는 기분이었어요.

'그렇네. 감사할 만하니까 하는 감사를 누가 못 해? 그럼에도 나는 언제나 마땅히 감사할 수밖에 없는 것들에만 감사해왔지. 건강한 몸, 다치지 않고 잘 자라주는 아이, 다정한 남편이나 안락한 집과 자동차 같은 것.'

저는 그런 것마저 있는 게 당연하고, 없으면 결핍에 시달리며 스스로를 불행한 사람이라 여겼을 거예요. '그게 왜 당연해?'라는 물음이 처음으로 내면 깊숙이에서 떠오르자 이제껏 저를 감싸던 가면 하나가 스르르 벗겨졌습니다. 내 삶과 나 자신을 진심으로 사랑하고 만족한다고 믿어왔던 가면. 나조차 쓰고 있는지 알아채지 못했던 그 가면이 너무도 갑작스럽게 툭, 하고 땅에 떨어졌어요.

그리고 엉엉 울었던 것 같아요. 내 삶에 너무 미안해서, 이런 마음을 견디게 한 나 자신에게 화해의 손길을 내밀고 싶었어요.

작지만 큰 감사들

그리고 저의 감사일기는 새로운 국면에 접어들었습니다. 일단 '감사일기 쓰면 좋대'라는 마음으로 쓰는 날이 완벽히 사라졌어요. 일주일에 한두 번을 쓰는데 (거짓말처럼 느껴지겠지만) 내 삶이 너무 경이롭고 아름다워 가슴이 뭉클해지는 (믿기지 않을) 배경 속에서 글을 써요. 힘든 상황 속에서 쓰기 시작했음에도 불구하고 감사할 게 너무 많아서 늘 목록이 길어집니다. 객관적 상황이 지금보다 10배는 더 좋았던 시절의 감사일기는 지루하고 뻔한 복사 붙여넣기식 감사였는데, 신기하게도 지금의 감사가 훨씬 더 삶을 풍요롭게 합니다. 내가 이루고 가지게 된 것만 감사하던 것에서 벗어나 좀 더 디테일하고 소소한 감사가 줄을 이어요.

1. 주차문제로 짜증이 확 났다가 금세 가라앉은 마음이 고마웠다. '그럴 수도 있지'라는 생각이 찾아와 이내 평온해졌다. 내 감정과 오후 시간을 단단히 지켜낼 수 있어 참으로 고마웠다.

2. 딸아이 유치원 단짝이 일주일 여행 끝에 돌아와 다시 등원을 시작했고 딸은 아주 신이 났다. 오늘 유독 들뜬 모습에 나도 계속 웃음이 났다.

3. 배송이 일주일째 지연되는 화장품. 바를 게 없어 스킨만 발랐더니 피부가 푸석거린다. 그런데 배송 문의를 하자마자 물건이 도착했다. 더 늦어지지 않아서 너무 좋다. 다행이다.

4. 오은영 박사님의 책에서 '매일 스스로를 용서하라'는 구절을 만나게 된 것에 감사하다. 아이에게 화를 낸 오늘의 나를 이전만큼 심하게 미워하거나 할퀴지 않고 내일을 새롭게 시작할 마음의 안정감을 찾을 수 있음에 감사하다.

기쁨이나 풍요라는 단어를 떠올리면 대부분의 사람은 물질적 여유만을 연상합니다. '제대로' 다시 감사일기를 쓰기 시작하며 그것은 놀랍도록 다양한 형태로 모습을 드러냄을 배웠습니다.

집 안을 가득 채우는 아이의 꺄르르 꺄르르 웃음소리.

1,000만 원짜리 명품가방의 풍요에 밀리지 않더라고요.

출근하는 남편과 따뜻한 포옹.

한강이 내다보이는 아파트에 살아도 채워질 수 없는 종류의 풍요로움이에요.

그 밖에도 값을 매길 수 없는 기쁨과 풍요가 일상의 도처에 숨어 있었어요. 꿈을 응원해주는 친구의 카톡, 동네 엄마들과 잠시 가지는 티타임의 여유, 베란다 가득 하얀 이불을 널어두고 햇볕에 보송하게 말리는 일, 소박하지만 건강에 좋은 재료들로 가족을 위한 저녁식사를 준비하는 일까지. 이 정도의 만족과 풍요를 오직 '돈'으로만 해결하려면 과연 얼마가 필요할까요? 매일 1,000만 원씩 지출한다 치면 비슷하려나요? 그렇다면 지금 내가 가진 풍요는 얼마짜리인지도 계산이 안 됩니다. 풍요에 대한 정의가 달라지자 제 삶을 바라보는 시각도 완전히 바뀌었어요. 이대로 죽을 때까지 모든 게 변함없어도 진심으로 상관없다는 마음이 찾아왔거든요.

그러고 보니 왜 감사를 행복의 치트키라고 일컫는지 알 것 같아요. 이대로도 괜찮다는 마음이 들면 두려움과 결핍 속에서 뭔가를 찾아 헤매던 에너지에서 놓여나게 돼요. 조건화된 가짜 행복이 아니라 어떤 상황에서도 발견할 수 있는 진짜 행복을 이해하게 되는 거예요. 삶이 내게 얼마나 친절한지, 내가 그토록 추구하던 행복과 풍요가 처음부터 내 손을 벗어난 적이 없었음을 알게 됩니다. 비교할 수 없이 편안하고 자유로워지는 것이죠.

5만 번 감사를 외치면 삶이 바뀐다는 마법 같은 문구를 어딘가에서 읽은 적이 있습니다. 그 구절을 읽고 '5만'이라는 숫자에만 꽂혀서 무슨 염불 외우듯 '감사합니다. 감사합니다' 속으로 외친적도 있어요. 그게 얼마나 공허한 메아리였는지 지금은 잘 압니다. '5만'이란 숫자는 아마도 진정으로 감사한 숫자였을 거예요. 전진과 후퇴를 무한반복해야 하는 인생에서 좋을 때만 스스로의 편에 서는 치사한 짓을 하지 않는 것. 내가 반드시 무엇이 되거나 이루지 않아도 충분하다는 마음. 그리하여 삶은 이대로도 참 괜찮다는 진정한 알아차림. 그게 바로 감사의 핵심입니다.

쓸데없이 예쁜 일기장을 _____
_____ 고르는
쓸데 있는 이유 _____ 일기 쓰기 노하우⑤

일기장 고르기에 진심입니다

일기장은 무려 1년을 내 곁에 머무르며 생활을 함께하는 찐친이에요. 그러니 일기장 고르는 일에는 어쩔 수 없이 꽤나 경건(?)하기까지 합니다.

물론 처음부터 그랬던 건 아니에요. 초창기 저의 일기장은 무조건 '가성비'였습니다. 내지도 두껍고 매수도 많은 것이 늘 선택의 대상이었어요. 가격 대비 가장 많은 이야기를 담을 수 있는 공간을 최우선 조건으로 삼았어요. 그러다 보니 디자인은 투박했고, 크기도 매년 제각각이었어요. 도무지 취향이란 것을 반영할 수가 없었음은 물론이고요.

곤도 마리에Kondo Marie의 '설레지 않으면 버려라'는 문장이 세상에 떠돌기 전부터 저는 알아차렸습니다.

설렘을 느끼지 못하는 물건은 오래, 소중히 곁에 두지 못하는구나.

늘 반쯤 쓰기도 전에 커피 얼룩이 지거나 귀퉁이가 너절해졌고, 그럴 때마다 미련 없이 다른 녀석을 찾아 떠나버리는 저를 보며 깨달은 것이죠. 앞으로는 내 마음이 1년간 마음껏 뛰어놀 공간을 좀 더 나다운 것으로 골라야겠다고요.

이후 연핑크과 핫핑크 계열의 화려한 가죽 일기장들이 제 방에 모습을 드러내기 시작했습니다. 돈을 조금 투자해 '1년 치의 기분 좋음'을 선결제한 셈 쳤어요. 그리하여 프랭클린 다이어리, 아들러 라이프로그북, 몰스킨 노트들이 쌓여갔습니다. 예쁘니까 좋냐고요? 물론이에요. 어떨 땐 책상에 떡하니 놓인 모습만 바라봐도 '아, 저기에 뭔가를 막 쓰고 싶다'는 기분 좋은 울렁거림이 느껴졌는걸요. 좋아하는 노트에 글을 쓰게 되니 좀 더 솔직해진 것 같다는 생각도 들어요. 질리지 않고 계속 가지고 있다 보니 그 안에는 좀 더 풍성하고 다채로운 내용들로 꾸며지게 되었어요. 스티커도 사다 붙이고, 색색의 사인펜도 등장하고, 때로는 그림이나 표를 그려 넣기도 해요. 한마디로 일기장의 존재감이 2배로 커졌어요!

그렇게 20년의 '일기인생' 중에 가장 핵심적인 철학 하나가 바로 '일기장은 무조건 마음에 드는 걸로!'입니다.

오롯이 나의 세계를 반영하는 공간

집이라는 공간을 생각해보세요. 온 가족이 먹고 마시고 이야기 나누고 사랑을 속삭이는 공간. 세상에 이보다 더 중요하고 엄청난 공간이 또 있을까요? 에세이스트 김규림은 집이라는 공간에 대해 '광활한 우주 가운데 내 마음 내키는 대로 다룰 수 있는 신나는 작은 공간'이라고 표현했어요. 옳거니!

읽고 쓰고 재우고 먹이고 아이를 양육하고 울고 웃으며 말 그대로 나의 일거수일투족을 함께 나누는 공간. 내 마음대로 가구를 바꾸고 소품을 배치하고 커튼을 올렸다 내리며 햇볕을 조절할 수 있는 공간. 낮 내내 세상을 떠돌던 우리는 모두 밤마다 '가장 자기다움을 반영한' 공간으로 귀환합니다. 이 얼마나 엄청난 일인지요. 그래서 모든 집은 주인을 닮고, 주인의 에너지를 품게 되지요. 나의 공간에는 나의 취향과 습관과 심지어 마음 상태와 앞으로의 모습까지도 담겨 있다고 봐도 과언이 아니에요.

그런데 일기장은요? 저는 일기장이야말로 집이라는 공간의 축소판이라는 생각이 들어요. 집이 나의 육체를 쉬게 하는 곳이라면 일기장은 나의 마음을 눕히는 공간쯤 될 거예요. 나의 모든 것을 기꺼이 그대로 두고 세상으로 나가는 집이라는 공간처럼, 일기장은 나의 마음을 오롯이 담아두고 세상과 사람들을 경험한 뒤 밤마다 다시 펼쳐들고 마음을 안아주는, 그 엄청난 일을 하는 공간이에요. 내가 어떤 모습이든 두 팔 벌려 나의 귀가를 환영해주는 집처럼, 내가 지독하게 슬프고 지친 모습으로 찾아와도 반겨주는 공간 말이에요.

이렇게 중요한 공간을 가지는데 '가성비' 따위의 조건을 앞세우지 않기로 결심하자 일기 쓰기는 더욱 즐거워졌습니다. 가방에서 빼꼼 고개를 내민 녀석만 봐도 즉각적인 기쁨과 만족이 느껴졌어요. 내가 생각해낼 수 있는 가장 값진 소비이자 투자인 것 같다는 생각이 들었습니다. 세상을 향해 나다움을 뽐낼 수 있는 연료를 만들어내는 '궁극의 공간'에 대한 투자. 이런 데 돈 안 쓰면 어디다 쓰나요.

지금도 저의 일기장에는 크고 작은 결심들과 먹고사는 문제들과 이유 없는 자책과 역시 이유 없는 슬픔 같은 것이 그 안에 빼곡하게 담깁니다.

'앞으로 내가 쓰게 될 일기장은 기껏해야 50권도 채 안 되겠지.'

생각이 여기에 미치자 쓸데없이 고퀄리티를 추구하는 저의 일기장 소비생활이 전혀 쓸데없는 일로 여겨지지 않아요. 오히려 좀 더 좋은 일기장을 쓸 수 있는 사람이 되자는 선서마저 할 판입니다.

일기가 잘 안 써진다면? 막 쓰다가 내던져버려도 그만인 싸구려 스프링노트 말고, 나다움을 구현할 수 있는 좀 더 세련되고 사랑스러운 노트가 필요한 순간일 수도 있습니다.

끝까지 안 써도 괜찮은 일기장 ─── 일기 쓰기 노하우⑥

일단 이 오해를 좀 풀어야겠다는 생각입니다. 일기를 열심히 쓰는 사람은 모든 일기장을 끝까지 채울 것이라는 오해요. 아마 제 얘기를 들으시면 일기를 쓰는 일에 있어 또 다른 힘과 용기를 얻으실 거예요. 죄책감은 이제 그만 좀 내려놓고요.

왜 끝까지 채워야 하지?

10대부터 일기장은 제게 유일한 사치품이었습니다. 20대 중반에 사회생활을 시작하고 경제적으로 독립했음에도 명품, 좋은 옷, 화장품은 제 형편에 가당치도 않은 소비 품목이었어요. 그래도 사람이 어떻게 딱 먹고 자고만 할 수 있겠어요. 나를 위한 작은 호사가 하나쯤은 있어야겠다는 생각이었고, 저에게 그건 바로 일기장이었습니다. 기록하는 일을 좋아하니까. 그리고 일기장 정도면 아무리 충동구매해도 집안 기둥이 뽑히거나 마이너스 통장을 개설하지 않아도 되는 거니까요.

그때부터 일기장만큼은 원 없이 소비해왔습니다. 원래 문방구 덕후이기도 해서 어디서든 그냥 지나치는 법이 없기도 했고요. '노트는 맘껏 질러'라는 룰을 정한 뒤부터 완전 물 만난 물고기가 된 거죠.

좋아하는 일에 돈을 쓰자 그 일이 더 좋아졌습니다. 문방구에 갈 때마다 새로운 녀석들이 자태를 뽐내며 저를 유혹했어요. 이건 생산성을 위해 필요하겠고, 이건 튼튼해서 사야겠고, 이건 처음 보는 디자인이고, 이건 나한테 없는 사이즈니 갖고 있어야 한다는 온갖 구실을 갖다 붙이며 즐거운 소비생활을 이어갔습니다. 삶의 질이 팍팍 올라간 건 말해 뭐하겠어요. 저는 평생 하고 싶은 일엔 이만한 사치도 필요하다고 우기며 지금도 행복한 노트 쇼핑을 즐기고 있습니다.

'밑져야 경험'이라고 했던가요? '밑져야 일기장'이에요. 저는 왜 그렇게 많은 사람이 노트를 끝까지 채워야 한다는 강박증에 시달리는지는 모르겠어요. 그것 때문에 시작이 자꾸만 뒤로 밀려나면서까지요.

물론 쓰다 만 노트는 요즘 트렌드인 '제로웨이스트'나 '미니멀

라이프'에 역행하기는 합니다. 그렇다고 모든 노트를 끝까지 빡빡 다 채울 수는 없어요. 깜지 노트도 아니잖아요. 노트를 끝까지 써야 한다는 부담감과 매번 노트를 쓰단 만다는 죄책감에 일기 쓰기를 시작도 안 한다면 그거 내 삶에 합리적인 선택일까요?

일단 사면 채워진다

재미있는 것은 일단 노트를 사면 어떻게든 시작은 하게 된다는 사실입니다. 1/3만 쓰더라도 뭐라도 적고 있는 지금 내 모습이 중요해요.

일단 예쁜 일기장을 집에 데려오세요. 그리고 채우세요. 처음부터 반만 쓰겠다는 생각으로 사면됩니다. 그럼 시작이 좀 더 편해질 거예요. 새 노트를 손에 쥐고 이걸 마지막 페이지까지 다 채워야 한다는 마음으로 시작하면 볼 때마다 한숨부터 나와요. 그래서는 행복한 '저널라이프'를 유지할 수 없습니다. 그래도 나는 지구환경에 보탬이 되고자 한다면 더 열심히 뭐라도 채우면 됩니다. 일기장에 꼭 글만 써야 하는 건 아니거든요.

제 일기장에는 중간중간 딸이 그려준 엄마 얼굴, 마인드맵, 갈겨쓴 낙서, 나만 알아보는 기호와 그림들이 많이 담겨 있어요. 이런저런 표도 그려넣고, 요즘은 손으로 가계부 쓰기도 해서 숫자도 가득해요. 해빗트래커라고, 내가 가지고 싶은 습관들을 추적하며 달성 여부를 확인하기도 해요. 매일 물을 잘 마시고 있는지, 아침에 침대 정리를 했는지, 각종 영양제를 챙겨 먹는지 체크하는 칸도 손으로 그려 넣었어요. 일기에는 '무엇이든' 담겨도 좋은 거니까요. 일기란 '무엇이든' 담길수록 좋은 유일한 거니까요.

지금도 집 곳곳에서 쓰다만 노트가 굴러다닙니다. 다행히 남편은 일기장이 펼쳐져 있어도 궁금해하지 않는 사람이라 저는 더 심각하게 그 녀석들을 아무데나 풀어놔요. 유독 할 말이 많았던 시기에는 누가 안 시켜도 노트를 거의 마지막까지 채우기도 합니다. 집에서 아이랑 둘만 있던 시기에는 중간중간 듬성듬성하고요. 새로운 일을 벌이던 시기에는 깨알 아이디어들이 여기저기 가득해요. 결국 끝까지 쓴 일기장도, 쓰다 만 일기장도 나의 삶을 그대로 보여주고 있다는 생각이 듭니다. 빽빽하다가 텅 비었다가, 다시 2/3가 채워졌다가 20장도 채 안 쓴 노트의 궤적을 따라가다 보면 그 시절 제 삶이 고스란히 보이거든요.

하나쯤 좋아하는 일에는 그래도 됩니다. '그냥' 생각 없이 해도 돼요. 남에게 피해 끼치지 않는다면 내가 하고 싶은 대로 마음껏 '오냐 오냐' 해보세요. 나에게 한없이 관대해지는 일, 저는 앞으로도 일기 쓰기를 그런 태도로 대할래요.

일기 쓰기에_____
관해 자주 받는 질문 4

Q 열심히 쓰는데 왜 아무 일도 안 일어날까요?
A 우리 안에 가장 깊고 어두운 부분을 만나지 못하면 좋은 글을 아
    무리 오래 적어도 그대로입니다.

열심히 일기를 쓰는데 아무 변화도 경험하지 못한다면 경험상
그건 크게 두 가지 이유에서입니다.

> 첫째, 솔직하지 못한 글이었기 때문이고,
> 둘째, 뻔한 내용의 글이었기 때문이에요.

하나씩 자세히 짚어보면요. 먼저 솔직하지 못한 글이라는 의
미는 직면하지 못한 글이었다는 의미예요.

예전에 제 특강에 참석하셨던 어떤 분께서 매일 새벽에 일어나 다음과 같은 긍정확언을 쓰고 있다고 말씀하셨어요.

'나는 잘될 것이다. 온 우주는 나를 응원하고 사랑한다. 점점 더 좋은 것이 내게 오고 있다'

이런 긍정확언을 100번씩 무려 100일 넘게 작성 중이라고요. 문제는 그 수고를 100일 넘게 했는데도 아무런 변화가 없다는 사실이었어요. 정말 놀라우리만치 아무 변화가 없고 오히려 짜증과 우울만 늘어난 상태였어요.

저는 그분과 깊은 이야기를 나누면서 그분이 사실은 어떻게 살아야 할지 매우 막막한 상태임을 알게 되었습니다. 삶에 대한 의심과 두려움이 가득했죠. 내 마음 가장 깊숙한 곳에서 울려 퍼지는 소리는 무시하고 매일 이른 새벽에 일어나 '나는 잘될 거야', '더 좋은 것이 오고 있어'라는 글을 손가락이 아프도록 썼을 때, 아마 무의식은 이렇게 외쳤을 거예요.

'제발 거짓말하지 마. 너는 항상 이런 식으로 나를 기만했어.'

무의식은 혼란스러운 메시지 앞에서 길을 잃고 그저 고통을 피하는 데 급급했을 거예요. "나는 두려워요" 하는 내면아이에게 엄살떨지 말고 "나는 잘될 거야, 라고 100번 외쳐!" 한다고 생각해보세요. 억지긍정은 때론 우리를 더 아프게 만듭니다. 마치 두 발을 천으로 싸맨 채 뜨거운 돌 위를 걸으라고 주문하는 것과 같아요.

일기에 긍정확언을 적는 것이 나쁘다는 게 아니에요. 저도 긍정확언이나 만트라mantra를 적는 걸 좋아합니다. 다만 단계별로 이루어져야 하는 일이 있음을 말씀드리고 싶어요. 변화를 위해서는 가장 깊고 어두운 부분을 만나야만 합니다. 나 자신을 사랑한다는 것은 '너는 이렇게 되어야 해. 이런 마음을 가지고 이런 사람으로 보여야 해'가 아니에요.

'지금 네게 진짜 필요한 것이 무엇이니?'

물어봐주는 마음이지요. 그렇게 자신을 위해 진실과 직면할 때 우리는 언제나 애써서 찾고 있던 것보다 많은 것을 얻게 됩니다.

일기는 그 길목에서 결정적 증인의 역할을 해요. '생각'이라는 모호한 녀석이 자꾸만 옆길로 새고, 다른 생각을 끌어들여 연막을 치려 할 때 손으로 적으며 정확한 실체와 마주하는 것이지요.

두 번째, 뻔한 내용의 글이라는 건 어떤 의미냐 하면요. 일기에도 다양한 형식이 있다는 것을 모른 채 매일 뻔한 사실만 나열하거나 의미 없는 일화만 적는 경우예요. 초등학교 때 쓰던 일기에서 더 나아가지 못한 거죠.

예를 들어 '가족'에 대해 쓴다고 하면 '오늘 엄마랑 백화점에 쇼핑을 갔고 각자 옷을 샀다. 엄마랑 나랑은 스타일이 참 다르다

> 엄마, 원가족, 관계.
> ―
>
> 엄마 아빠와 언니는 취향도 취미도 비슷했지만 나는 늘 정반
> 대의 것들에 끌리곤 했다.
>
> → 성장과정 중에 가족에게도 온전히 속하지 못한다는 기분
>   을 자주 느꼈다.
> → 그것은 다른 인간관계에도 고스란히 적용되었다
> → 소외의 두려움, '모난 돌'이 될까 봐 어떤 조직에서건 가면
>   을 쓰고 연기를 하며 살아야 했다.

는 걸 새삼 또 느낀다' 이렇게 표면적인 사실만 훑는다면 그냥
거기서 끝나는 겁니다. 매일 이런 글만 쓴다면 절대로 깨달음과
변화는 일어나지 않아요. 때로는 접근법을 달리할 필요가 있습
니다.

　제가 쓴 일기를 봐주세요. 물론 모든 날의 일기를 전부 이렇게
쓸 필요는 없지만요, 가끔은 자주 발에 걸려 넘어지는 문제들을
다른 시각에서 바라보며 그것을 글로 풀어내야 합니다. 변화는
거기서부터 시작되거든요. 내 생각과 행동의 뿌리를 추적하는
작업을 진행해보는 것이지요. 삶의 맥락과 고비에서 무엇을 느
껴왔고, 그것들은 현재의 나에게 어떤 영향을 끼쳤는지를 돌아

보는 거예요.

　일기장에 내 이야기를 쓴다는 것은 나를 '줌인Zoom In'하는 작업이면서 동시에 '줌아웃Zoom Out' 즉, 한발 물러나 전체 그림을 조망하는 일이기도 합니다. 멀리서 봐야만 더 잘 보이는 경우, 남처럼 봐줘야 더 정확히 보이는 경우가 있거든요.

———

언제든 활짝 열어젖히고 모든 고통과 아픔을 내보낼 출구. 오직 나만이 열 수 있고, 나만이 만들 수 있는 최고의 장소. 일기장은 바로 그런 출구입니다. 그리고 누구나 그런 공간의 존재 하나는 가져야 할 필요가 있습니다. 그러니 우리, 이 작은 공간 안에서만큼은 마음껏 용감해지고 최대한 솔직해져 보면 어떨까요?

제4장

_____ 어른이라서,
일기로 풉니다

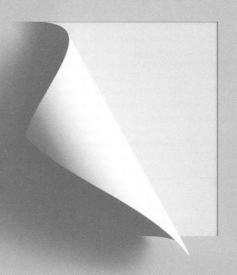

모든 _____
_____ 감정은
옳다 _____

아이유, 마음을 돌보는 일기 쓰기

언젠가 TV 프로에 아이유가 나와 했던 말이 화제가 되었는데요.
아니, 어쩌면 저 같은 사람들에게만 화제가 되었을 수도 있지만
'10년째 일기를 쓰고 있다'는 그녀의 말은 신곡 발매 소식보다도
반가웠어요.

> "일기를 쓴 이유는 스스로 불안함을 느껴서였다. 마음의 흔적
> 을 남기기 위해 연습생 때부터 생긴 습관이다. 지금은 매일 일
> 기를 쓰지는 않는다. 특별한 일이나 힘든 일이 있을 때만 일기
> 를 쓴다."

아이유의 일기는 흘러넘치는 사유와 감정을 관찰하고 관리하

는 역할을 해냈을 거예요. 남다른 멘탈 관리가 필요한 연예계에서 항상 단단하고 차분해 보이는 아이유에게 그럴 만한 이유가 있었던 셈입니다.

일기 쓰기를 유치하고 시대착오적인 취미활동처럼 치부하는 사람도 있겠지만, 예술적이고 섬세한 이미지의 아이유에게 너무나 잘 어울리는 작업이에요.

어쩌면 우주평화처럼 터무니없는 소원이겠지만, 저는 세상 모든 사람이 일기를 쓰며 살았으면 좋겠습니다. 매일 스스로에게 '너는 엄청나게 중요하고 최고로 의미 있는 사람이라는' 메시지를 몸으로 보여주는 것, 그게 바로 일기 쓰기라고 생각하니까요.

일기는 아날로그 피난처

노트와 펜만 있으면 어디서든, 무엇이든 꿈꿀 수 있다는 사실은 언제 떠올려도 참 설레는 일입니다. 일기장이라는 작은 공간은 나의 우주, 나만의 소행성. 저는 그 안에서 마음 놓고 뛰어놀며 안전하고 자유롭게 무엇이든 이야기할 수 있어요.

『불렛저널』의 저자인 라이더 캐롤Ryder Carroll은 '일기'라는 공간을 '아날로그 피난처'라고 표현해요. 지금 우리는 24시간 연결되었으나 정작 자기 자신과의 접촉이 끊어진 시대를 살면서 끝이 안 보이는 새로운 정보와 기술에 압도당하고 있습니다. 하루도 빠짐없이 무언가 혹은 누군가와 온라인에서 접속되어 과도하게 의지하고 넘칠 만큼 많은 정보를 흡수하고 있는 것이지요. 이런 상황에서 조용한 삶이란 거의 불가능하며 일상의 구석구석, 기술이 스며들지 않은 부분을 찾기도 어려워요. 이런 시대의 일기 쓰기는 그래서 더욱 특별해요. 단 몇 분만이라도 고요하게 홀로 앉아 내 삶에 진짜 중요한 것이 무엇인지, 그것을 왜 원하는지에 집중할 수 있기 때문이지요.

20년 차 일기 장인으로서 그간의 일기 쓰기로 무엇을 얻었느냐 묻는다면 바로 내 감정을 똑바로 쳐다보게 되었다는 것이에요. 두려움으로부터 도망치거나 상처로부터 꽁꽁 숨지 않고 있는 그대로의 나를 깊이 바라보게 된 것이지요. 그 과정에서 저는 자주 말썽을 일으키던 삶의 중요한 문제들을 해결하게 되었어요. 누구에게나 그런 문제가 있잖아요. 타인과의 관계 속에서 반복되는 문제들, 나 자신과의 관계 속에서 곪아 터진 문제들 말이에요. 그것들이 왜 매번 잔잔한 일상에 파문을 일으키는지 이해할 수 없어 버겁고 절망적인 기분이었거든요. '대체 뭐가 잘못된 거야? 어디서부터 잘못된 거야?'라는 생각이 들 때 있잖아요.

일기에 감정을 자유롭게 적는 것은 거대한 무의식의 영역에 발을 내딛는 행위라고 할 수 있어요. 그러니까 '나는 대체 왜 이렇게 생겨 먹었는지'를 천천히, 세밀하게 탐색해보는 거죠. 정신

분석에서는 무의식을 의식의 차원으로 끌어올려 직면하고 의식 속에서 통합해야만 치유와 변화가 가능하다고 말하고 있고요. 그걸 대체 어떻게 하는 거냐고요? 지금부터 차근차근 설명해볼 게요.

감정을 똑바로 쳐다보기

삶은 '감정'으로 이루어져 있습니다. '경험' 위에 자리한다고 생각했는데 그게 아니었어요. 같은 경험을 한 사람이라고 다 비슷한 길을 걷는 것은 아니니까요. 하나의 경험이 통과한 자리를 지켜보면 얼마나 다양한 반응들이 있는지 알 수 있어요. 그러니까 삶은 사실 경험 뒤에 오는 반응에 따라 모든 게 달라집니다. 그리고 알다시피 모든 반응은 '감정'으로 이루어져 있고요.

그런데 우리 안에 그 많고 다양한 감정들을 평소에 어떻게 알아차릴까요? 한 번 경험한 강렬한 감정—이를테면 분노, 슬픔, 시기심, 좌절감 등—은 사라지지 않는다고 해요. 특히 그 감정을 부정하고 저항할수록 무의식 저편에 깊이 가라앉게 되지요. 가라앉은 침전물은 쌓이고, 쌓이고, 또 쌓이다가 결국 용해되지 못하고 폭발합니다. 그래서 '어느 날' 공황장애가 터지거나 '갑자기' 우울증이 찾아오는 경우는 없어요. 알아차리지 못한 감정의 침전물이 내 마음 밑바닥에 차곡차곡 자리를 잡다가 감당할 수 없을 때 자신의 존재를 알리는 식이지요.

감정에서 벗어나려 발버둥치는 사람은 모래 늪에 빠진 사람과 같아요. 모래 늪에 빠지면 빠져나오려 발버둥을 칠수록 점점 더 깊이 빠지게 됩니다. 문제해결 방법 자체가 문제가 되는 셈이에요. 조용히 멈추면 적어도 더 깊이 빠지는 불행을 피할 수 있어요. 심리적 늪도 마찬가지예요. 안간힘으로 도망치려는 투쟁을 멈추고 스스로에게 이렇게 물어보는 거예요.

이 감정은 언제부터 시작되었지?
이 감정이 지금 내 삶에 어떤 영향을 미치고 있지?

저에게 일기는 처리하지 못한 감정을 무의식에 가라앉게 두지 않고 직면하고 이해하는 힘을 갖게 해주었습니다. 세상에서 가장 알 수 없는 것이 내 마음이라고 퉁치고 덮어놓으려 했는데, 어떤 감정은 시도 때도 없이 찾아와 일상을 어지럽혔거든요. 그럴 땐 일기를 쓰며 안심하고 나를 쏟아냅니다. 아무리 복잡하고 무거운 감정도 '나만의 공간'에서는 다 괜찮으니까요. 누군가의 비난과 질책이 없는 안전한 세계에서 내 속에 가장 은밀한 부분을 털어놓고 나면 놀랍게도 깊은 고요함이 찾아왔어요. 나의 감정, 나의 문제(정확히는 나 스스로 문제라고 인식하는 것)로부터 '나'가 분리되어, 조금은 다른 관점에서 나를 바라보게 되니까요.

10월 11일

—

오늘 출판사와의 미팅에서 대놓고 다른 작가와 비교하는 말을 들었다. 처음엔 당황스러웠고, 잠시 후 기분이 똥이 됐다. 집에 돌아오는 길 내내 그 작가만큼 유명하지 않은 나 자신에 대한 원망과 자책이 몰려왔다. 아니, 무례한 출판사 사람에게 화가 나야지, 왜 나 자신에게 화가 나는지. 그러면서 번뜩 든 깨달음. 나는 생의 전반에 걸쳐 모든 문제를 이와 비슷한 방식으로 대했다는 사실이었다. 혼란과 불편을 야기하는 모든 원인을 스스로에게 돌리고 나를 미워해왔다. 상처도 아픔도 '결국 받을만하니까 받았다'는 식이었다. 내가 잘못한 일이 아닌 것도 결국 다 내 잘못으로 마무리되고는 했다.

이렇게 살아온 나 자신을 돌아보는 지금 기분은 더 비참하고 처참하지만 반복되는 문제에 대한 실마리 하나를 발견한 것 같아 다행이라는 생각이 든다.

감정일기를 쓰며 저는 비로소 이해하게 되었어요. 왜 드라마나 영화를 보면 괜히 등장하는 사람은 단 한 명도 없잖아요. 모두 각자의 역할과 비중이 있으니까요. 단 3분을 출연해도 극을 이끄는 결정적인 역할을 하는 사람이 있고, 심지어 대사 한마디 툭 던지고 죽지만 그게 엄청난 복선이 되는 경우도 있잖아요.

저는 살면서 만나는 모든 사람과 그들과 부딪치며 얻게 되는 이런저런 감정들 역시 똑같다는 생각이 들었어요. 어떤 사람은 '저렇게는 살지 말아야 한다'는 교훈을 주고, 어떤 사람은 '저렇게 살기 위해 나의 어떤 부분을 바꾸어야 할까?'라는 미션을 주었어요. 어떤 감정은 아직도 치유해야 할 부분이 있음을 비춰주고, 어떤 감정은 내가 생각보다 강인한 사람임을 일깨워주었지요. 삶에서 만난 모든 사람과 감정들이 다 각자의 역할이 있었습니다.

그러니 애초에 옳고 그른 감정은 없고 내가 직면해 해결한 감정과 그 밖의 것들이 있을 뿐이지요. 물론 감추고 도려내고 싶은 부분에 스포트라이트를 비추는 것은 많은 용기와 에너지가 필요한 작업이에요. 하지만 인생의 진짜 행복을 위해 피해갈 수 없는 과정입니다.

무엇이든 수용하기

결국 일기를 쓰며 감정을 알아준다는 것은 나 자신에게 이런 말을 하는 것과 같아요.

'지금 이 순간 나는 최선을 다해 나를 돌보고 있어. 나마저 나에게 등을 돌리지 않아. 무슨 일이 있어도 나는 끝까지 내 곁에 있어주지. 어떤 감정이 찾아와도 다 괜찮아.'

잠들기 전 하루 5분. '오늘은 이런 마음으로 이렇게 살았습니다'라고 적으며 저는 더 이상 '모르겠어'라는 말 뒤로 숨지 않게 되었습니다.

'진실이 뭔지 모르겠어.'

'그때 내 마음이 어땠는지 잘 모르겠어.'

'지금 확실히 행복하고 편안한지 진짜 모르겠어.'

'모르겠어'라는 말은 얼마나 간단하고 무서운지요. '그냥 몰라'라는 말만큼 마음을 감추기에 적당한 문장은 없거든요. 그 말은 '에이, 몰라 대충 살아', '굳이 꼭 알아야 해? 나는 그만큼 나에게 쓸 시간이 없어', '제대로 알고 나에게 실망하고 싶지 않아'라는 의미이기도 하니까요. 지금의 저는 대신 이렇게 말을 합니다.

'지금 자존감이 많이 낮아진 상태라는 걸 잘 알겠어.'

'아직도 글을 쓰는 게 두려운 순간이 많음을 잘 알겠어.'

'아이에게 좋은 엄마가 아닐지도 모른다는 불안함과 죄책감이 수시로 올라온다는 걸 잘 알겠어.'

내가 나를 알아주지 않으면 누가 나를 알아줄까요? 나보다 더 나를 잘 알아주고 안아줄 수 있는 사람은 없습니다. 포옹이 필요한 그 순간을 나만큼 잘 알아채는 사람은 없으니까요. 어른들은 웃으면서도 울 수 있는 존재들이잖아요. 밀어내면서도 안아주길 바라는 마음도 자주 겹잖아요. 그럴 때마다 그 일을 내가 직접 하면 돼요. 나에게 가장 필요한 그 일을 가장 필요한 그때에 내가 직접 하는 거예요.

감정을 쓰며 나의 그림자를 너그럽게 바라봅니다. 무의식에 꽁꽁 싸놓은 어둠에 작은 불빛을 비춰봅니다. 착하고 이해심 많고 둥글둥글 잘 어울리는 무난한 사람이라는 '대외적인 나' 말고 꽤나 이상하고 예민하고 편협하고 못된 나를 알아주며 '그렇게 살지 마' 명령하지 않고 '그런 마음을 가지고 이만큼 사는 것도 대견하네' 이야기해주는 거예요.

'애기가 어른인 척하느라 얼마나 힘들어?'
'소심한데 쿨한 척 사느라 너도 참 지치지?'

몇 개월만 내 감정을 기록해봐도 알아요. 그저 바라봐주는 것만으로도 충분하다는 사실을요. 온전한 나로 산다는 건 있는 그대로의 내 모습부터 이해하고 수용해야 가능하다는 그 중요한 사실을 말이에요.

모든 걸 _____
_____ 가만히 들어주는
일기가 필요할 때 _____

제게는 일기가 꼭 필요한 순간이란 게 있어요. "이 순간 당장 일기장을 펼쳐놓고 뭐라도 적어야 해!" 마음이 외치는 소리가 귀에 들릴 정도로 생생할 때가 있어요. 일기 아닌 다른 어떤 것으로도 그만큼의 위로와 안도감을 얻지 못하는 걸 알기 때문이에요.

물론 순간적으로 시선을 돌릴 수 있는 것들도 많습니다. 술이나 약물(수면제, 신경안정제 등), 인터넷 쇼핑, 유튜브, 넷플릭스, 게임…. 하지만 알잖아요. 그것들은 모두 고통과 타협하기 위한 도구라는 것을요. 괴로움에서 잠시 벗어나기 위한 눈가리개임을요.

알코올은 다음 날 더 큰 고통을 주고, 인터넷 쇼핑은 다음 달을 괴롭게 만들죠. 게임도, 유튜브도 끝나고 나면 곧 더 큰 허탈감과 불안함을 안겨주지요. 잠깐의 쾌락으로 뇌를 마비시킬 수 있을지는 몰라도 정신 차리면 다시 문제는 더욱 커다란 몸집을 하고 내 앞에 버티고 서 있어요. 하지만 일기장을 펼쳐놓고 두서없이 글을 쓰면 말이죠. 처음에는 걱정과 괴로움을 들쑤셔서 더 힘든 상황으로 나를 몰고 가는 것 같지만 절대로 그렇지 않아요. 한 페이지를 다 쓰기도 전에 금방 깨닫게 될 거예요. 마치 응급처치를 받은 것처럼 마음이 뻥 뚫린다는 사실을요. 그저 상황을 설명하고 내 감정과 생각을 펼쳐놓는 것만으로도 충분하다는 것을요.

그래서 저는 이런저런 상황에서 '반드시' 일기를 씁니다. 벗어나기 위해서도 아니고, 극복하기 위해서도 아니에요. 나 자신에게 '그래도 괜찮아'라고 말해주고 싶어서입니다.

> 오늘 하루 완전 말아먹었다고 생각하니? 그래도 괜찮아. 내일이 또 기다리고 있잖아. 리셋버튼 누르고 내일을 기다려보지 뭐. 내일은 병아리눈물만큼만 더 나아지면 돼. 그 이상 바라지도 말자.

저에게 일기가 필요한 순간들은 이러합니다.

#상황1

어른이 되고 보니 민낯은 철저히 숨긴 채 가장 매력적인 모습만 꺼내 보여야 하는 모임도 있음을 알게 되었다. 특히 남편의 사업 파트너들과 부부동반으로 만나는 자리만큼 식욕이 뚝 떨어지는 모임도 없다. 낯선 사람들에게만 둘러싸인 모임에서 2시간쯤 입가에 미소를 짓고 나면 더는 참지 못하고 화장실로 달려간다. 경련이 일어나는 입꼬리를 간신히 제자리로 돌리고 나면 늘 나는 내향인이 확실하다는 결론에 이른다. 화장을 고치는 척 거울을 한참 들여다본 뒤 나는 생각한다.

아, 빨리 집에 가서 일기 쓰고 싶다. 지금 느끼는 이 부담스럽고 불편한 마음을 얼른 일기장에 터놓고 안정감을 되찾고 싶다.

#상황2

아이를 혼내는 상황을 곰곰이 되감으면 대부분 '애같이 굴기 때문'임을 발견하게 된다. 아니, 애가 애처럼 군다고 혼낸다는 게 말이 돼? 싶겠지만 사실이 그렇다. 왜 여섯 살 언니답게(?) 조용히 앉아 있지 못하니? 왜 일곱 살인데 유튜브만 보려 하니? 왜 조심성 없게 바닥에 다 흘리니? 왜 엄마가 말하는데 안 듣고 딴청 피우니? 애가 조용히 못 앉아 있고 공부보다 유튜브를 더 좋아하고 음식도 질질 흘리고 엄마 잔소리를 듣기 싫어하는 게 당연하지. 그 반대면 그게 더 문제다. 생각하는 건 머리였고, 현실에선 늘 버럭버럭 내 뜻대로 움직여주지 않는 아이에게 화를 내는 마녀 같은 엄마.

아이에게 화를 내고 나면 이 세상 온갖 무거움이 양어깨 위에 내려앉는다. 세상이 온통 잿빛이다. 과장 하나 안 보태고 살맛이 안 난다. 어른 주제에 아이에게 감정을 쏟아낸 게 부끄럽고 치사해서 조용히 사라지고 싶은 마음이 든다. 지금보다 더 일기장이 필요한 순간은 없다. 아이를 재우고 나는 조용히 일기장을 편다.

부족한 엄마라서 미안해, 핑계 같겠지만 너무 사랑해서 그랬어. 사랑해서 두려워서 그랬어. 조금이라도 잘못될까 봐 무서워서 자꾸만 엄마 마음대로 하려고 했어.

고해성사는 한참 동안 이어지고, 내일 다시 오늘의 실수를 반복하는 바보 엄마일지라도 오늘의 어두운 구름을 한쪽에 치워두고 잠들 수 있음에 참 다행이라고 생각한다.

#상황3

아이 등원준비로 정신없는 아침 8시. 갑자기 유치원 공지사항 알림이 도착한다. 유치원에서 코로나19 확진자가 나와 모두 가정에서 대기하라는 지침. 이 말은 곧 앞으로 최소 일주일은 내 계획대로 할 수 있는 게 아무것도 없다는 얘기. 하루하루가 무한 변수로 작용한다는 무시무시한 경고.

평소 일주일 단위 계획을 세워두고 매일의 체크리스트를 작성하며 하루를 운영하는 나에겐 청천벽력 같은 소식이다. 엄마 속도 모르는 아이는 유치원 안 간다고 콧노래를 부르는데 나는 어떻게든 마음을 안정시키고자 노트를 가져온다. 그리고 당분간 이 무질서 속에서 어떻게 나름의 질서를 유지할 것인지 생각을 정리한다. 스티븐 스필버그Steven Spielberg가 그랬지. 영화감독의 일이란 예상치 못한 문제를 해결하는 것이라고. 엄마의 역할도 똑같다는 생각이 든다. 이 난관을 또 어떻게 헤쳐나갈 것인가? 나는 일기장을 앞에 두고 나름의 '해결책'을 궁리하기 시작한다.

✓ 앞으로 일주일은 일에 대한 생각을 접고 집 정리에만 집중해보기.

버려야 할 것들, 내다 팔 것 찾아보고 집을 말끔히 비워보자. 그래, 좋았어! 미루고 미뤄왔던 '미니멀리즘'을 실천해볼 기회가 온 거야. 일단 버릴 것과 팔 것을 따로 적어보자.

#상황4

도서관에 갔다가 번뜩이는 제목의 책을 발견한다. 재빨리 목차를 펼쳐보는데 한눈에도 영감덩어리다. 책이란 걸 난생처음 보는 외계인의 심정으로 한 글자 한 글자 천천히 읽으며 두근거림을 느낀다. 일기장을 옆에 두고 읽은 내용을 나만의 언어로 정리하는데, 그 과정에서 새로운 삶의 스위치가 반짝, 켜진다.

이 부분 나도 쭉 실천하고 책으로 내볼까?
이런 사업 있으면 참 좋겠다!
이 프로그램 내 삶에도 당장 적용해봐야지.

내게는 무엇보다도 일기장이 필요한 순간이다. 이 모든 꿈과 아이디어가 일기장 안에만 갇히지 않도록 현실로 데려와야만 한다. 그 과정을 또 일기장에 생중계하며 나 자신과 얼마나 많은 대화를 나누게 될까? 나에 대해 몰랐던 점을 얼마나 많이 발견하게 될까? 벌써부터 흥미진진하다.

#상황5

나는 자꾸만 같은 실수를 반복하고, 기억력도 엉망인 데다 끝없이 반복해야 겨우 따라갈 정도의 (거의 모든 영역에서) 학습 능력을 갖고 있다. 그래서 내겐 늘 기록이 필요하다. 좀 덜 똑똑한 대신 좀 더 성실해질 수 있는 계기를 얻은 거라 생각한다.

며칠 전 부동산 강의를 듣는데 눈치를 보아하니 멤버들 중에 나만 이해가 안 되는 모양이다. 모르는 걸 질문하자니 시간을 너무 오래 잡아먹을 것 같아 넘어갔지만 수업이 끝나고 노트정리를 하며 자괴감이 몰려왔다. 나 자신에게 갖고 있는 아주 오래된 자아상 하나가 불쑥 고개를 내민 것이다.

'이해력이 왜 이렇게 딸리냐? 뭐 하나 잘하는 게 없네.'

스스로에게 품고 있는 오래된 실망감. 고작 부동산 강의 하나에 나 자신을 함부로 대하는 옛 버릇이 튀어나왔다. 나는 알고 있다. 이 순간은 부동산으로 부자 되는 꿈을 꿀 시간이 아니라 당장 일기장을 펼치고 내 마음을 쓰다듬어주어야 할 시간임을.

그렇게 일기를 썼다. 나에게 실망하고, 다시 나를 안아주고, 또 나를 미워하고, 적당히 사랑해주는 일을 앞으로 100번, 1000번 반복하게 될지라도 기꺼이 그 일을 하겠다고 다짐한다. 지치지 않고 끝까지 나에게 정성을 바치겠다고 결심한다. 그렇게 일기장에 글을 써내려간다.

일기가 필요한 순간은 생각보다 많습니다. 숨는다고 해결되는 일은 없으니까요. 아무리 도망쳐봐야 내 마음이기 때문에 결국은 덜미가 잡히거든요. 대신 위로가 필요한 순간, 영감이 필요한 순간, 갑갑하고 짜증 나고 두렵고 슬픈 순간에 일기장에게 다 털어놓아보세요. 모든 걸 가만히 들어주는 친구 앞에서 편안하고 안전하게 나를 드러내보세요.

정체를 알 수 없는 _____

_____ 기분에도

정체는 있다 _____

20대의 저는 툭하면 정체를 알 수 없는 낯선 기분 앞에 놓여 당혹스러웠습니다. 친구들과 와자지껄 떠들고 돌아오는 버스 안에서 너무 외로워 눈물이 멈추지 않을 때, 목표하던 일을 이루고 엄청난 무기력증에 빠져들 때, 열심히 잘 살다가 갑자기 길을 잃은 미아나 부모 잃은 고아의 심정이 되는 이유를 도무지 알 수가 없었어요. 남들은 무난하게 잘만 사는데 나만 유난스럽고 유별나다는 생각이었죠. 물론 지금은 '이유 없는 감정은 없다'는 사실을 잘 알고 있습니다. 그게 어린 시절 상처를 건드렸든 단순 호르몬의 영향이든 분명 어떤 '이유' 때문에 그 감정이 솟아남을 알아요.

일기장에 감정을 거침없이 적기 시작한 것은 대나무숲에 고함을 지르는 심정이었을 거예요. '너 정말 왜 이러니?' 다그쳐서 될 일이 아니라는 것을 깨달은 이후일 거예요.

'마음이 참 지치고 힘들다. 언제쯤 단단한 내가 될 수 있을까? 나는 왜 이렇게 약하지?'

'슬퍼하거나 무기력할 여유가 없을 만큼 바쁘게 살아가면 될까?'

'오늘은 정말 죽고 싶은 날이었다. 마음이 지하 10층까지 끝도 없이 추락한다.'

제 일기장에는 이런 문장들이 켜켜이 쌓여갔습니다. 그러면서 깨달은 한 가지는 정말 오랜 시간 감정을 억압하며 살아왔다는 사실이었어요. 주로 '이러지 말자', '힘을 내야지', '별것도 아닌 일에', '대체 또 왜?' 같은 문장을 사용하며 부정적인 감정을 싹부터 잘라냈지요. 뚜껑이 열리면 밀어 넣고 다시 꾹꾹 눌러 담으며 마치 처음부터 그 감정이 존재하지 않은 척했습니다. 하지만 알다시피 '척하는 삶'이 장기적으로 통할 리가 없어요. 제가 좋아하는 영성가인 레스터 레븐슨Lester Levenson은 감정을 회피하고 억압하며 "시간이 결국 다 해결해줄 거야"라는 말을 하는 사람들에게 이렇게 일침을 놓았어요.

시간이 모든 상처를 치료해준다는 말은 '시간을 줘봐. 나는 뭐든지 다 억압할 수 있어'라는 뜻과 같다.

맞습니다. 저 역시 그런 부류의 사람이었거든요. 감정을 직면하고 기꺼이 수용하는 일의 중요성을 알지 못한다면 우리는 언제까지나 '시간' 운운하며 감정을 회피할 거예요.

감정일기 쓰는 방법

수년간 감정을 들여다보는 일기를 쓰고 감정수용과 관련한 책들을 읽으며 제가 확실히 배운 것이 있습니다. 그것은 감정을 회피하고서는 온전히 삶에 참여하기 힘들다는 사실이에요. 과거의 상처를 외면하고, 현재의 두려움을 덮어놓고, 핑크빛 미래를 계획한다? 금방 막다른 벽에 부닥칠 거예요. 그런 어설픈 방법이 어물쩍 통할 리가 없으니까요.

그렇다면 감정일기는 어떻게 쓰는 것이 좋을까요? 일단 다음의 순서에 맞게 마음을 관찰하면 됩니다. 하나씩 천천히 따라와 보세요.

1. '지금' 내게 찾아온 감정을 있는 그대로 바라본다.

2. 꼬리표를 붙이지 말고 솔직한 감정을 글로 표현한다.

3. 여기서 말하는 꼬리표란 감정에 나만의 생각과 이야기를 추가하지 말라는 의미다. 예를 들어 '나는 뭐하나 제대로 하지 못해서 남들에게 미움 받는 존재야'는 나의 생각이고, 이때의 감정인 '무력감, 고통, 우울,

무가치함, 분노, 슬픔'이 나를 관통하는 감정이다. 이 둘을 구별할 줄 알아야 한다.

4. 중요한 것은 감정과 나 자신을 동일시할 필요가 없음을 깨닫는 것이다. 감정을 '나'라는 여인숙에 머물기 위해 온 손님처럼 여긴다. 나=고통, 나=무가치함이 아님을 이해한다.

5. 이렇듯 감정을 마주한 뒤에는 그것이 찾아온 것을 인정하고 머물다 갈 것을 허용하겠다고 다짐한다.

고통의 본질을 피하면 그것의 영향력은 더욱 커져요. 무의식에 쌓인 감정은 몸 안에 깃들며 다양한 문제를 일으킬 테죠. 괴로움을 허용하면 더 큰 괴로움이 찾아올 것 같지만 정확히 그 반대입니다. 우리는 '감정'보다 훨씬 큰 존재이기 때문이에요. 우리 모두에게는 어떠한 감정이든 품을 수 있는 힘과 용기가 있습니다.

감정의 억압과 회피가 일상적 습관이 되면 '어느 날' 감정에 압도당하는 사건이 벌어지고야 맙니다. 말 그대로 감정화산이 폭발해요. 우리가 반드시 그때그때 감정을 확인하고 수용해야 하는 이유입니다.

이유 없는 마음은 없으니까

'그냥 슬퍼요', '매일 불안해요'가 아니라 왜, 어떤 상황에서 어떤 식의 부정적 감정이 찾아오는지를 제대로 적어보면 압니다. 이 성난 파도 같은 감정에도 일정한 조건과 패턴이 있음을 파악하게 돼요.

저는 이 작업을 나 자신에게도 오랜 세월 적용해왔고 저의 글쓰기 모임에 참석했던 수백 명을 대상으로 진행해왔는데 결과는 매번 놀라웠어요. 생각으로 문제를 해결하려 하면 생각은 늘 생각을 부풀리기 일쑤거든요. 문제를 왜곡하고 전혀 상관없는 문제를 갖다 붙이며 나 자신을 지상 최대의 피해자이자 비극의 주인공으로 둔갑시켜요. 문제해결에 전혀 도움이 안 되는 거죠. 하지만 글로 작성하며 감정을 확인하다 보면 그것을 불러일으키는 특정 배경이나 인물, 상황을 명확히 파악하게 됩니다. 반복되는 문제에 더이상 투쟁하지 않고 평화롭게 해결할 수 있다는 희망과 자신감이 생기는 거예요.

〈취약성의 힘〉이라는 테드Ted 강연으로 유명한 브레네 브라운Brene Brown은 솔직한 감정을 마주하고 자신의 이야기를 써내려가길 꺼리는 사람들에게 이렇게 전했습니다.

"자기 이야기를 하는 게 쉬운 일은 아니지만 자기 이야기에서 달아나려고 몸부림치는 것만큼 어렵지는 않습니다. 자신의 취약성을 받아들이는 게 위험하기는 하지만 사랑, 소속감,

기쁨을 포기하는 것만큼 위험하지는 않습니다. 사랑, 소속감, 기쁨을 포기하는 건 우리를 가장 취약하게 만드는 일이기 때문입니다. 용기를 내서 어둠 속으로 걸어 들어가야만 영원히 꺼지지 않는 빛의 힘을 찾을 수 있습니다."

　감정을 마주하는 것은 쉬운 일이 아닙니다. 우리는 감정을 다루는 일을 제대로 배운 적이 없기 때문이죠. 이전까지 제가 취해온 유일한 방법도 그저 '아닌 척' 표정을 바로잡고 해야 할 일들에 묵묵히 고개를 파묻는 것이 전부였어요. 빨래를 돌리고, 옷을 개고, 친구와 통화를 하고 다음 약속 날짜를 잡는 일 따위. 알고 싶지 않은 감정은 훌쩍 건너뛰고 내 삶에 속하지 않은 척해왔습니다. 하지만 브레네 브라운의 말처럼 어둠 속으로 걸어 들어가지 않으면 안 되는 순간이 반드시 찾아왔어요. 그렇게 죽을힘을 다해, 용기를 내서 감정을 들여다보니 어떤 감정도 그것을 덮어둘 때만큼 저를 위험에 몰아넣지 않았음을 깨달았어요.

　써보면 압니다. 내게 찾아온 모든 감정에는 이유와 의미가 있음을요. 그것을 통해 우리는 어쩌면 또 다른 기회를 얻게 되는 거예요. 억압된 무의식 속 고통에서 자유로워지고 진짜 행복하고 가치 있는 일에 나의 에너지를 쏟을 수 있는 기회 말이에요.

일기 쓰는 _____

_____ 할머니가

되기 위해 _____

"엄마는 어떤 할머니가 되고 싶어?"

며칠 전 유치원에서 돌아온 아이가 갑자기 물었습니다.

운전을 하던 저는 대수롭지 않게 웃으며 이렇게 대답했어요.

"엄청 예쁜 할머니."

그러자 아이는 원하던 대답이 아니었는지 목소리를 높이며 다시 물어요.

"그런 거 말고 어떻게 사는 할머니가 되고 싶냐고!"

우와, 이건 한 번도 생각해보지 않은 신선한 질문이었어요. 글쎄요, 저는 어떻게 사는 할머니가 되면 좋을까요? 잠시 생각하다가 아이에게 이렇게 대답했어요.

"일기 쓰는 할머니가 되고 싶어. 할머니가 되어서도 예쁜 공책에 글을 쓰면서 살고 싶어."

이번에는 엄마의 대답이 꽤 성실하고 진지하게 느껴졌는지 아이는 그제야 만족스러운 미소를 지었습니다.

일기 쓰는 할머니, 라니.

제가 뱉은 말이지만 어떤 책에서도 본 적 없는 단어의 조합이에요. 선뜻 그림이 그려지지 않을 만큼 낯설지만 발가락이 간지러울 만큼 재미있고 귀여운 느낌이고요.

저는 할머니와 가까운 거리에 살면서 지금도 세상에서 가장 친한 친구를 할머니로 꼽을 만큼 각별한데요. 할머니에게 노년의 삶에 대해 노골적인 질문도 자주 던지고(예를 들어, 왜 노인들은 자꾸 일찍 죽고 싶다고 하는 거야? 그거 다 뻥이지? 같은) 내 노년의 모습도 디테일하게 떠올려봐요. 그동안 할머니에게 전해 듣고 곁에서 지켜보며 취합한 정보로는, 노년에는 무엇보다도 이런 게 필요하겠더라고요.

1. 가끔 가족들이 모였을 때 손주들에게 비싼 장난감을 사줄 수 있을 정도의 통장 잔고
2. 공짜 지하철을 넉넉히 이용할 수 있을 만큼의 체력과 건강
3. 죽는 소리 안하고 만날 때마다 빵빵 터지는 친구 한두 명
4. 혼자서도 밥 잘 차려 먹는 배우자

5. 하루 4~5시간 내외로 할 수 있는, 서글프지 않은 소소한 일거리

6. 나를 행복하고 편안하게 만드는 취미활동

그러니까 '일기를 쓰는 할머니'가 되는 건 6번에 대한 완벽한 준비가 되겠네요.

일흔에도 쌩쌩하게 일하고, 웃고, 행복하기

아주 잠깐 일흔의 할머니가 된 제 모습을 떠올려봤어요. 그러자 '그 나이에도 일기장에 적을 게 있을까?' 하는 생각이 들었어요. 그런데 잠시 후 그 나이에도 지금처럼 아주 많을 것 같다는 생각이 또 들어요. 왜냐하면 20대의 저는 마흔을 앞둔 여자가 이렇게 열심히 일기를 쓸 것이라고는 상상도 못했으니까요. 20대의 일기장이 연애, 자기관리, 취업 고민, 자존감과 공부 이야기가 주를 이루었다면, 30대의 일기장에는 결혼, 육아, 재정, 시간 관리, 멘탈 케어가 중심이 되었어요. 삶의 단계마다 품은 생각과 고민도 달라졌기에 막막할 틈이 없이 텅 빈 일기장이 가득 채워졌어요. 그때그때 제 변화들이 차곡차곡 거기에 담겼어요.

아직 살아보지 않은 40대에는 일기장에 또 어떤 이야기들이

소복이 담길까 벌써부터 기대됩니다. 아마도 아이교육 문제, 중년의 좋은 생활 습관을 유지하기 위한 노력들, 사부작사부작 살림을 꾸리는 이야기들, 일에 대한 성찰과 고민이 가득할 것 같아요. 말하자면 '일과 꿈과 돈'에 관한 글들이 주를 이루겠지요.

그러니 일흔의 할머니가 되어서도 일기장에 채울 이야기들이 꽤나 많을 겁니다. 가끔 자식, 며느리 뒷담화도 하고, 잘 나갔던 과거도 떠올리고, 내일은 뭐할까 할 일도 적어보고, 이번 달에는 뭘 배울까 행복한 고민도 하고요. 저는 아마도 "치매 예방도 되고 얼마나 좋아!" 혼잣말을 하며 매일 일기를 쓸 것 같아요.

일기를 쓰면서 노후를 보낸다는 것은 어떤 의미일까요? 무려 60년간 일기를 쓴 것으로 유명한 미국의 소설가 아나이스 닌 Anais Nin은 말했습니다.

"모든 사람에게 공통이 되는 세상의 의미 따위는 없다. 우리는 자신의 인생에 개별적인 의미와 줄거리를 부여한다. 한 사람이 하나의 소설, 하나의 책인 것처럼."

'나'라는 책을 마지막까지 성실하고 꼼꼼하게 적어 내려가고 싶어요. 아주아주 먼 훗날 손녀를 무릎에 앉히고 이렇게 말해줄 수 있다면 좋겠습니다.

"할머니는 평생 일기를 쓰며 살았어. 그동안 너무 행복하고 즐거웠단다. 일기를 쓴다는 건 스스로를 위해 할 수 있는 가장 친절한 행동 중 하나야. 너도 꼭 내면의 너와 대화하면서 살아가길 바란다."

아무리 생각해봐도 '일기 쓰는 할머니'라는 정체성으로 생을 마감하는 것은 너무나 근사한 일인 것 같습니다.

무엇이든 기록하자 _____
_____ 단, 반드시
솔직하게 _____ 일기 쓰기 노하우 ⑦

일기 쓰기의 유일한 원칙

일기에 무엇을 쓰면 좋을지 막막하다고 하는 사람들을 많이 만납니다. 쓰고는 싶은데 뭘 써야 좋을지 모르겠기에 몇 년째 미루고만 있다고요. 그럴 때마다 저는 이런 말을 해줘요.

"그냥 아무거나 쓰면 돼요. 어차피 내 안에 없는 건 쓸 수 없으니까 그냥 원래 있던 것들을 자세히 들여다보고 발견하는 것들을 적는다고 생각해보세요."

정말이에요. 쓰다 보면 알게 됩니다. '내 것'이 아니라고 생각했던 감정과 생각들이 사실은 진짜 내 모습이었다는 사실을요. 나는 그냥 그것을 뒤늦게 발견하는 것뿐이에요. 그래서 처음엔 아주 당황스럽습니다. 내 안에 그런 것들이 있다고 차마 인정하고 싶지가 않아요. 나의 소심함, 지질함, 두려움, 수치심, 똥자존심과 똥자존감을 모두 일기장이라는 녀석에게 들켜버린 것 같아 아주 기분이 똥 같지요.

어떤 날은 나도 모르게 '다 때려치우고 도망가고 싶어, 아니 사실은 죽고 싶어'라는 문장이 줄줄 흘러나올 때도 있고, 어떤 날은 직장상사를 떠올리며 육두문자로 백지를 가득 채우는 날도 있을 수 있어요. 고급스런 가죽의자에 앉아 세상에 대한 존경과 타인을 향한 사랑을 가득 담은 감사일기만 쓰고 싶은 마음이 왜 없을까요? 하지만 어쩔 수 없는걸요. 일기의 제1원칙이자 유일한 원칙이 바로 '솔직하게'니까요.

솔직함에도 연습이 필요하다

일기는 마치 거울처럼 지금 내가 품고 있는 고민과 현실을 그대로 비춰줍니다. 그게 아니라면 그건 잘못된 일기예요. 내가 나를 속이고 있다는 증거밖에 안 됩니다.

많은 사람이 '꾸준히 못 쓰겠다', '뭘 써야 될지 모르겠다'고 하는 것도 실은 '솔직하게'라는 원칙만 지키면 바로 해결될 문제예요. 처음에 말했듯 '내 안에 있는 것만 꺼내겠다'는 마음으로 그날그날 솔직한 내 모습을 그려내면 되는 겁니다.

너무 '잘' 쓰려고 힘이 잔뜩 들어가면 '꾸준히'와는 점점 멀어져요. 나의 진짜 모습 대신 내가 추구하는 내 모습을 그려내려고 애쓸 필요도 없습니다. 실은 매일 짜증 나고 지치는데도 긍정적이고 희망적으로 일상을 묘사할 필요도 없고, 내 모습이 싫고 우스운데도 사랑하고 아끼는 척할 필요도 없어요. 누가 누굴 속이나요. 왜 내가 나 자신을 속이는 이상한 싸움에 휘말리려 하나요. 그런데 몇 달 전 한 온라인 모임에서 누군가 저에게 이런 말을 했습니다.

"솔직한 글을 못 쓰는 이유는 아마도 내가 나 자신을 신뢰하지 못하기 때문인 것 같아요. 스스로를 믿을 수 있는 안전지대라고 여기지 않나 봐요."

그 말을 듣는 순간 마음이 '쿵' 했어요. 가면 쓰기가 너무나 자연스러운 현대인들에게는 혼자 있는 시간에도 가면을 벗는 것이 쉽지 않겠다는 생각이 들었어요. 늘 솔직하게, 편하게 쓰라고 이야기해왔는데 누군가에게는 그게 제일 어려운 일일 수도 있다는 걸 뒤늦게 깨달은 것이죠.

이제 저는 '혼자 있어도 솔직해지는 게 너무 어려워요'라는 사람들에게 이렇게 말을 합니다. 솔직한 일기를 쓰는 일은 마치 수영이나 피아노 연주처럼 어느 정도 연습 시간이 필요한 일이라고요. 감정을 솔직하게 표현해보지 않은 사람은 특히 부정적인 감정이 찾아오면 안절부절못하고 불안해집니다. 어떻게 처리해야 하는지 전혀 모르기 때문이죠. 이걸 없는 셈 쳐야 하나? 괜찮은 척 더 크게 웃어? 맥주 마시며 영화나 한 편 볼까?

마치 초보엄마가 우는 아기 앞에서 허둥대는 모습과 비슷해요. 하지만 시간이 지나 돌을 지나면 아이 울음소리만 들어도 바로 파악이 되고 해결책을 찾거든요. 이건 배고파서 우는 거지. 놀아달라고 칭얼대네? 넘어졌을 때도 진짜 아파서 우는 울음과 가짜 눈물을 단번에 알아낼 수 있고요. 그건 평소에 아이에게 관심을 집중하고 울음소리에 귀 기울여왔기 때문이죠.

내 감정도 비슷합니다. 처음엔 뜬금없이 찾아오는 감정이 당황스러워요. 하지만 계속해서 관심을 갖고 알아봐주면 나중에는 꽤나 신속하게 신호를 해석할 수 있게 돼요.

"지켜보는 사람도, 혼을 내거나 욕하는 사람도 아무도 없어요. 일기장은 나의 어떤 것도 허용되는 세상에서 가장 안전한 장소예요. 이곳에 벗어버리고 싶은 짐들을 하나둘씩 풀고 내려놓는 연습을 해보는 거예요. 솔직함에도 연습이 필요합니다. 하루, 이틀, 열흘, 한 달… 일기장 안에서 충분히 솔직하고 자유로워지는 연습을 하다 보면 내 마음에도 공간이라는 게 생겨요. 언제든 어떤 모습의 나 자신도 받아들일 수 있는 천국 같은 공간이요."

한 정신과 의사의 글에서 '우울과 절망에 빠지는 원인은 분노와 상실을 표출할 출구를 찾지 못해서'라는 문장을 본 적이 있습니다. 그 문장을 읽으며 나의 작은 일기장이 동시에 떠올랐어요. 언제든 활짝 열어젖히고 모든 고통과 아픔을 내보낼 출구. 오직 나만이 열 수 있고, 나만이 만들 수 있는 최고의 장소. 일기장은 바로 그런 출구입니다. 그리고 누구나 그런 공간의 존재 하나는 가져야 할 필요가 있습니다. 그러니 우리, 이 작은 공간 안에서만큼은 마음껏 용감해지고 최대한 솔직해져 보면 어떨까요?

일기장 안에서 충분히 자유로워지는 연습

내친김에 일기장 안에서 솔직하고 자유로워지는 연습에 대한 이야기를 좀 더 해볼게요. 그러려면 과거의 제가 얼마나 감정을 잘 숨기고 도망 다니던 사람이었는지부터 풀어야 할 것 같아요.

돌아보면 제 20대 시절 연애의 가장 큰 문제점은 상대에게 솔직한 감정을 드러내지 않는다는 것이었어요. 그 시절 남자친구들(이라고 말하니 꽤 많은 것 같지만 그렇게 많지는 않아요. 하하)을 쭉 세워놓고 나에 대한 불만을 이야기해보라고 하면 아마 다 똑같은 대답을 할 거예요.

마음을 표현하지 않는다. 그래서 속을 모르겠다.

저는 아마도 배심원석을 쭉 훑어보며 고개를 떨어뜨리고 저의

'죄'를 순순히 인정하겠지요. 하지만 존경하는 재판장님, 그건 신비주의나 빌당 때문은 절대 아니었고, 당시 저는 스스로에게도 감정표현을 안 하는 사람이었기 때문,이라고 덧붙이면서요.

저는 시시각각 변하는 마음을 누군가에게 설명한다는 자체가 불필요하고 부끄러운 일이라고 생각했어요. 감정을 드러내는 것은 유치하고 감상적인 약자의 생존방식 같았어요. 이렇게 뿌리내린 생각이 있다 보니 사귀는 남자친구는커녕 가장 친한 친구나 가족에게도 마음을 표현하지 않은 건 어찌 보면 당연한 일이었지요.

마음이 우울해 나락으로 떨어지면 며칠 연락을 뚝 끊고 다시 씩씩해진 뒤에야 아무렇지도 않게 전화하는 일, 몸이 아프거나 집안에 문제가 생기는 등 도움이 필요한 상황에서는 데면데면하다가 어느 날 갑자기 지난 일을 통보하는 일, 대학원에 진학하고 취업을 하는 등 만남에 영향을 줄 수 있는 이야기를 결론만 툭 내뱉는 일.

저의 남자친구들은 세상천지 이렇게 난이도 높은 연애는 처음이라고 혀를 내둘렀을 거예요. 아, 지금 생각하니 정말 최악의 여자친구였네요.

20대의 저는 그렇게 늘 주변 사람들에게 베일에 싸인 비밀스러운 존재였는데요, 어쩌면 더 큰 문제는 내 감정만 터놓지 않는 것을 넘어서 타인에게 느끼는 감정마저 솔직하게 이야기하지 못했다는 거예요. 너라는 존재가 고맙고 소중하다는 그런 표현들이요. 지금 이 순간 외롭고 괴로워서 네가 꼭 필요하다는 그런 말들이요. 힘들 때 곁에 있어줘서 고맙고, 어려울 때 나를 도와줘서 너무 큰 위로가 된다는 표현을 제대로 해본 적이 없었어요.

'베일에 싸인 존재'와 건강한 관계가 가능할까요? 아니요. 소위 말하는 깊은 관계란 그런 식으로 이루어지지 않는다는 것을 우리 모두 잘 알지요. 마음을 터놓는 것, 그것은 관계의 신뢰를 위한 암묵적인 조건이니까요. 관계가 깊어진다는 것은 시시콜콜한 나의 감정과 생각을 공유한다는 의미이기도 하니까요. 그게 아니라면 직장상사와 애인, 옆집 남자와 찐남친의 차이가 뭐 있겠어요? 그런데 이렇게 '감정을 솔직하게 표현하는 것＝쪽팔린 일'이라는 등식을 가진 제가 변하기 시작한 것은 일기의 공이 가장 크다고 할 수 있습니다. 암요, 백번 생각해도 그렇지요.

의식의 흐름대로 글쓰기

늘 비슷한 문제로 관계에서 아픔을 겪어오며 저는 일찌감치 깨닫게 되었어요. 인생에서 해결해야 할 과제 중 한 가지는 솔직하고 자유롭게 나를 드러내는 일이라는 것을요. 하지만 '지금 당장 너의 감정을 표현해'라고 아무리 머리가 말을 해도 현실에 써먹는 건 아예 다른 문제였어요. 결심과 실현 사이에는 100번, 어쩌면 300번쯤의 반복이 필요하니까요. '반복'이라는 두 음절 안에는 또 무수한 넘어짐과 쓰라림이 존재하고요.

저는 그 연습을 일기장에 일단 나 자신에게 자유롭고 솔직한 마음을 드러내는 일부터 시작했어요. 룰은 아주 간단합니다.

'진실이 아닌 것은 그 무엇도 일기장에 담지 않는다.'

이 한 줄이면 충분해요.

'의식의 흐름대로 글쓰기'라는 기법을 들어본 적 있으신가요? 펜이 가는 대로 어떤 딴지도 걸지 말고 그냥 두는 거예요. 육두문자가 튀어나오고, 수치스럽고 경악스러운 언어가 줄줄 흘러나와도 그냥 둡니다. 옳고 그름과 아름답고 추함을 머리로 분별하지 말고 영혼이 하고자 하는 소리를 가만히 들어보는 거예요. 운전에 비유하자면 어떤 경우에도 브레이크를 밟지 않고 액셀만 밟는 글쓰기라고 하면 비슷할 거예요. 빨간불에도 멈추지 말고, 파란불이라고 다시 출발하지 말고 닥치는 대로 밟아보는 거지요.

그동안의 글쓰기가 늘 정돈되고 단정했다면 그것은 아직 무의식을 덜 깨웠다는 뜻이기도 합니다. 늘 비슷한 일에 상처 입고, 넘어지고, 분노하고, 다시 나를 어르고 달래고 꾹꾹 억누르며 이성을 찾은 패턴을 깨뜨려버리세요. 빗발치는 총탄 속에서 마지막 진실을 토해낸다는 심정으로 글을 써보는 거예요. 지금 이 순간이 이번 생에 내게 주어진 마지막 시간이라면? 그때도 가장 우아하고 매력적인 언어를 골라 나를 포장하지는 않을 테니까요.

물론 처음부터 이게 쉬울 리가 없지요. 처음에는 오늘 느끼는 감정을 아주 솔직하게 몇 줄만 적어봐요. 짜증 나고, 울고 싶은 하루였는데 감사를 찾아 헤매는 그런 잔인한 짓은 하지 말고요. 벼랑 끝에 매달린 비참하고 고통스러운 심정이었는데 '내일은 더 잘될 거야'라는 긍정확언 따위도 제발 치워버려요. 그 대신 그저 몇 줄만 '진실이 아닌 것은 그 무엇도 담지 않는다'의 원칙 하에 감정을 표현해봅니다.

- 나는 얼마나 더 큰 모욕을 당해야 이놈의 회사를 때려칠 것인가? 에라이, 자존심도 없냐?

- 이모티콘 하나 없이 단답형으로만 대답하는 남친 녀석을 한 대 쥐어박고 싶다. 이런 것에서 사랑을 확인하는 나는 두 대 쥐어박고 싶다.

- 아빠랑 통화할 때마다 가슴이 답답하다. 왜 이제 와서 부모 노릇을 하려고 들어? 나는 죽을 때까지 이 말을 못하겠지. 아빠를 떠올릴 때마다 슬픔과 억울함, 원망과 두려움이 동시에 찾아온다.

나 자신에 대한 표면적인 것 말고 꽁꽁 숨은 진실에 대해 이야기합니다. 이렇게 주기적으로 일기장에 진실을 터놓으면 좋은 점이요?

솔직하고 자유로운 사람이 되는 훈련뿐 아니라 감정을 쌓아두다가 '어느 날' 상대가 예상치도 못한 시점에 폭발하는 참사도 일어나지 않아요. 소위 말하는 '욱'하는 버튼이 덜 눌리는 거지요. '욱'의 속성을 잘 들여다보세요. 엄청난 사건에서 터지기보다 그동안 억눌러온 것이 아주 작은 불꽃으로 대형화재를 만들어요. 그러니 그날그날 감정을 알아주고 처리하면 일상이 평온해지는 건 말할 필요도 없고요.

절대로 비난하지 않기

일기장에서 솔직하고 자유로워지기 위한 두 번째 팁을 알려드리자면 내가 어떤 말을 해도 절대로 나는 나를 비난하지 않는 거예요. '나 너무 이기적인 것 같아, 나 혹시 사이코패스 아니야? 아이고 이렇게 독하고 정이 없으니 친구도 없지.'

나에 대한 그 어떤 판단도 집어넣는 겁니다. 내가 나 자신에 대해 어떤 '커밍아웃'을 해도 마찬가지예요. 예전의 저는 일기장에 감정을 쭉 써놓고 냉철하게 피드백하는 과정을 반복했어요.

"미경이가 내 생각해서 그렇게까지 말해주는데, 난 진짜 고마움도 모르는 뻔뻔한 인간이야."

"왜 자꾸 엄마에게 불평불만이야? 그렇게 평생 부모 탓하다가 끝낼 거야?"

"별것도 없으면서 아까 그 얘기를 왜 했을까? 다른 사람들이 잘난 척하는 비호감이라고 생각하진 않았을까?"

내 감정과 생각을 편안하게 적는 것까지는 좋았는데 늘 뾰족한 잣대로 지적하고 비난하니 일기 쓰기가 괴로워졌어요. 언제부턴가 일기장에 좋은 얘기, 밝은 얘기만 어색하게 늘어놓게 되더라고요. 감정을 터놓으면 '너는 지금 그렇구나' 하며 알아주면 되는 거예요.

내가 지금 하는 그 생각이 좋은 게 아니라는 건 누구보다 내가 더 잘 알아요. 그럴 때 내가 듣고 싶은 말은 "너는 나빠. 너는 틀렸어"가 아니거든요. 그걸 누구보다 잘 인지하기에 괴롭고 아픈 거예요. 친구가 괴로운 심정을 토로했는데 "그건 아니지. 넌 그래서 발전이 없는 거야. 왜 그렇게 감사할 줄을 모르고 부정적이야?"라는 화살이 돌아온다면? 친구의 피드백이 아무리 옳고 객관적이어도 다시는 그 친구에게 깊은 속내를 이야기하지 않는 것과 똑같아요.

일기장에서 자유롭고 솔직해지고 싶다면 꼭 기억하세요. 날선 판단과 평가로 섣불리 내 감정을 해결하려 하지 않기!

　나는 지금 이렇구나, 기나긴 인생 중에 지금은 충분히 힘들고, 속상하고, 괴로워해야 하는 순간이구나. 그저 여기까지만 알아주면 충분합니다.

일기 쓰기에_____
관해 자주 받는 질문 5

Q 정해진 공간에서 쓰기를 권하시나요?
A 어디든 크게 상관없지만 최대한 정신적, 물리적 자극이 적은 곳
   을 추천합니다.

생각보다 '디테일'을 중요시하는 분들이 많으셔서 그간 글 쓰는
장소에 관한 질문도 정말 많이 받았어요.
  "작가님은 주로 어디서 글을 쓰시나요? 커피숍처럼 사람 많고
시끄러운 곳도 괜찮을까요?"
  저의 뇌피셜이지만 이런 분들은 학창시절에도 꽤 모범생이었
고 뭘 해도 평균 이상으로 잘하는 분들일 거예요. 주변에도 그런
친구들 꼭 있거든요. 필기 잘하는 친구가 쓰는 노트, 펜 종류까지
다 알아내는 친구요. 피부 좋은 친구의 스킨케어 루틴과 세안법

까지 알아내는 친구 말이죠. 저는 그러한 디테일이 나쁘다고 생각하지 않아요. 살면서 오히려 플러스로 작용할 때가 훨씬 많을 거예요. 그런 분들이 글 쓰는 직업을 가진 저의 '공간'에 궁금증을 갖는 것은 너무나 당연하고 자연스러운 일이겠죠.

어떤 작가는 글을 쓸 때마다 자신만의 룰과 질서를 의식처럼 챙긴다고 하는데, 특별한 감성과 영감을 필요로 하는 시인이나 소설가 중에 그런 분들이 많고요. 저는 생활밀착형(?) 글을 쓰는 작가인지라 특별한 장소를 고집하지는 않아요. 다만 최대한 정신적, 물리적 자극이 적은 곳을 선호하는 편입니다. 일기를 쓸 때도 마찬가지예요. 요즘은 아이와 배 깔고 침대에 누워 함께 일기를 쓰기도 하지만 아이가 잠들고 혼자 일기를 쓸 때는 노트북도, 휴대전화도 멀리 치워두는 편이에요. 아무래도 인터넷에 연결되어 있으면 집중하기가 힘들더라고요. 그 시간만큼은 철저히 혼자 남겨져 고요한 적막을 느끼고 싶거든요. 궁상 아니고요. 낭만이라고는 거리가 먼 일상을 보내는 아이 엄마의 유일한 낭만이자 사치라고나 할까요?

글을 쓰는 장소는 각자 취향과 성격에 따라 아주 다양할 거예요. 어두운 조명만 켜고 침대에 누워 잠들기 전에 글쓰기를 좋아하는 사람이 있는가 하면, 경쾌한 배경음악과 맥주 한 캔이 필요한 사람도 있을 것이고요. 그 밖에도 자주 가는 카페에서 일기를 써야 더 행복해지는 사람도 있겠고, 남편과 나란히 책상에 앉아 각자의 시간을 가지며 행복을 만끽하는 사람도 있겠죠.

아직 '최고의 스폿'을 발견하지 못했다면 가장 좋은 방법이 있습니다. 바로 '비교분석'이요. 다양한 장소에서 다양한 소품을 더해가며 일기를 써보는 거예요.

안방에서 스탠드 하나 켜놓고도 써보고요, 거실에서 와인 마시며 써보기도 하고요. 아예 매일 저녁 8시 30분은 온 가족이 다 같이 앉아 '쓰거나 읽는 시간'으로 정해두고 함께해본다거나 "저녁 9시부터 9시 반까지는 아무도 나를 방해하지 마!" 선포하고 방문 닫고 들어가 혼자 글을 써보는 방법도 있죠(제 지인의 방법입니다).

다양하게 시도하고 발견하세요. 아주 재미있는 실험이 될 거예요. 참고로 저는 '와인을 곁들인 일기 쓰기'를 시도했다가 도저히 이 세상 것이라고는 믿기 어려운 그 어마어마한 행복감에 취해 한때 와인중독자의 길을 걸으며 패가망신할 뻔했으나, 가까스로 정신을 차리고 '아무리 좋은 것도 과하면 병이다'라는 진리를 다시금 깨달은 뒤 자중하고 있습니다. 흠흠. 지금은 한 달에 한두 번 정도 나에게 특별상을 내리고 싶은 그런 날을 위해 아껴두는 행복 아이템이 되었고요.

제 친한 친구 중 하나는 거실 구석에 자신만의 공간을 만들어 매일 새벽 그곳에서 글을 쓰고 책을 읽더라고요. 아들만 셋인 친구라 남는 방도 없을 뿐 아니라 오후 3시부터는 남는 시간도 하나 없지만 매일 새벽에 일어나 자신만의 공간에서 하루를 시작하고 있었어요. 겨우 좌식책상 하나 놓인 공간이지만 그곳에서 매일 같은 시간, 같은 일을 하며 예쁜 꿈을 꾸는 그녀를 떠올리면 저도 덩달아 행복해져요.

제 친구처럼 나만의 공간을 만들어보는 것도 정말 추천합니다. 아무리 스트레스 받는 일이 있어도 그곳에 가면 마음이 차분해지는 그런 공간이요. 회사에서 잔뜩 치인 날도 '어서 그곳으로 돌아가 쉬어야지' 생각하면 편안해지는 그런 공간이요. 그 장소는 특별하거나 아름다울 필요가 없어요. 그저 나를 가장 나다운 모습으로 놓아둘 수 있는 편안한 곳이면 충분합니다. 그 공간의 겉모습이 중요한 게 아니라 어떻게 의미를 부여하는지가 더 중요하지요.

내가 정한 그 '특별한' 공간에서 일기를 쓰며 울고 웃기도 하고, 커피 마시며 좋아하는 책도 읽고, 제 친구처럼 경전을 읽거나 기도를 하는 것도 좋겠지요. 공간은 나의 에너지를 담아 결국 나를 닮아간다고 하지요? 집 안 어딘가에(집 밖이라도 괜찮아요) 지극히 사랑하는 공간이 생긴다면 어쩐지 모든 일이 잘 풀릴 것만 같지 않아요?

당신이 일기를 썼으면 좋겠습니다

얼마 전 작은 강낭콩 몇 개를 화분에 심었는데 금세 잎이 나와 쭉쭉 자랐어요. 어찌나 빠르고 튼튼하게 자라는지, 이러다 집 천장까지도 금방 닿겠네, 싶을 정도였지요. 작은 씨앗 하나에 꽃을 피우고 열매를 맺고, 줄기를 지탱할 튼튼한 뿌리와 나무 기둥까지 다 담겨 있다는 사실이 놀랍기만 합니다. 아무리 커다란 나무도 이렇게 작은 씨앗 하나에서 시작될 테니까요. 성장과 기적에 필요한 모든 요소가 그 안에 충분하다니. 마치 우리 자신 같다는 생각이 들었어요. 우리 삶에 필요한 모든 것은 태어날 때 이미 우리 안에 주어졌을 거예요. 생명을 위해 필요한 모든 것을 다 담고 있는 씨앗 한 알처럼 말이지요. 내 안에 새로운 세계가 있고 우주가 있고 모든 가능성이 있고 천국이 있고, 심지어 새로운 생명을 품을 공간마저 넉넉하다는 사실이 정말 경이롭습니다.

20년이 넘게 일기를 쓰며 내 안에 있는 천국과 지옥, 많은 가능성과 두려움을 차근차근 경험했습니다. 그래서 엄청나게 대단한 사람이 된 건 아니지만, 누구보다 스스로와 친한 사람이 된 건 확실해요.

일기를 써야 하는 순간

그때 그 순간 일기가 없었더라면 어땠을까? 살다 보니 반드시 마음을 덜어내는 작업이 필요했던 순간들이 있었습니다. 아니, 생각보다 많았어요.

퇴사하면 하고 싶은 일들이 산더미였는데 퇴사하고도 6개월이 지날 동안 아무것도 하지 못한 채 무기력하게 하루하루를 흘려보내며 우울함이 극에 달했을 때, 아이를 키우며 나도 모르게 억눌러놓았던 감정들이 쓰나미처럼 주체할 수 없이 몰려올 때, 꿈도 목표도 없이 '이 나이까지' 방황 중이라는 생각에 괴로울 때, 반대로 원하는 걸 거의 다 이루었는데도 마음은 아직도 헤매는 것 같을 때.

일기란 그런 것이니까요. 뭔가를 해내고 증명해야 한다는 마음 없이 하는 일. 하다 못해 SNS 글쓰기도 누군가를 의식하며 '좋아요' 눌릴 법한 순간을 편집하는 데 반해 일기는 다르잖아요. '오늘도 안 죽고 잘 살았으니 됐지' 같은 말을 내뱉을 수 있다는 게 얼마나 좋아요.

그리고 여기에는 신기한 해방감이 있습니다. 기승전결도 없이, 글을 쓴 의도나 목적도 없이 철저히 '나만 생각하는' 글쓰기가 주는 해방감이요.

그래서 저는 외로운 당신이 일기를 썼으면 좋겠습니다. 언제나 곁에는 최소한 단 한 사람, 나 자신이 있다는 사실을 늘 기억할 수 있도록이요.

꿈 많은 당신이 일기를 썼으면 좋겠습니다. 꿈으로 가는 길이 너무 멀어 도저히 닿을 수 없다고 느껴질 때마다 내가 얼마나 열심히 걷고 있는가를 들여다볼 수 있도록이요.

상처 많은 당신이 일기를 썼으면 좋겠습니다. 나를 치유할 힘은 내 안에 있으며, 마음을 들여다 볼 용기를 낸다면 다음 페이지에는 엄청난 일이 벌어질 수 있음을 경험할 수 있도록이요.

그 밖에도 실패하는 당신, 성공하는 당신, 자주 울고 넘어지는 당신, 마흔이든 쉰이든 여전히 하고 싶은 일이 많은 당신, 사랑하고 싶고 사랑받고 싶은 당신이 꼭 일기를 쓰며 살았으면 좋겠습니다.

인생에 너무 늦은 때란 없다는 말을 믿어요. 우리는 언제든 서 있는 그 자리에서 다시 시작할 수 있으니까요. 일기를 쓰는 일도 마찬가지입니다. 지금부터 일기를 쓰며 내 삶을 조금 더 사랑해보세요. 나를 더 많이 이해해보세요. 그 시작을 응원합니다.

———

노트와 펜만 있으면 어디서든, 무엇이든
꿈꿀 수 있다는 사실은 언제 떠올려도 참 설레는 일입니다.
일기장이라는 작은 공간은 나의 우주, 나만의 소행성.
저는 그 안에서 마음 놓고 뛰어놀며 안전하고 자유롭게
무엇이든 이야기할 수 있어요.

나를 위한 가장 작은 성실

어른의 일기

초판 1쇄 발행 2022년 5월 30일
초판 2쇄 발행 2022년 8월 22일

지은이 김애리
펴낸이 민혜영
펴낸곳 (주)카시오페아 출판사
주소 서울시 마포구 월드컵로 14길 56, 2층
전화 02-303-5580 | **팩스** 02-2179-8768
홈페이지 www.cassiopeiabook.com | **전자우편** editor@cassiopeiabook.com
출판등록 2012년 12월 27일 제2014-000277호
책임편집 이수민 | **책임디자인** 이성희
편집1 최유진, 오희라 | **편집2** 이호빈, 이수민 | **디자인** 이성희, 최예슬
마케팅 허경아, 홍수연, 이서우, 변승주

ⓒ김애리, 2022
ISBN 979-11-6827-039-8 03810

• 잘못된 책은 구입하신 곳에서 바꿔드립니다.
• 책값은 뒤표지에 있습니다.